舊詩詞，新呼吸

詩可以這樣寫的

陳文岩

山頂文化

序一

遠公說法，金針度人

秦嶺雪

舊體詩詞如何在當代保有活力？有作者，有讀者，能感動人，也令人喜愛。不只是古雅的漢字堆砌，或者恍若一隻陳舊的花瓶，空有外殼。近讀鄧中龍教授的《李商隱詩譯註》，原作六百餘首，譯本分三冊，近二千頁。不是專業人士或李粉，難有興致從頭到尾瀏覽一遍。豪放的李太白，其詩用典不算太多，台灣版的全集譯註也近一千六百頁。如果今日所作舊體詩詞也如古人一般深奧，幽奇，艱澀，迷幻，使事多多；或者吟風弄月，顧影自憐；又或逢節必吟，樂於應酬；青年讀者必定耍手擰頭，逐漸遠離，只剩下一眾詩友鑼鼓鏗鏘，自拉自唱。

白居易提倡新樂府運動，以淺白的文字寫時事，希望老嫗能解。到了清代，袁枚高倡性靈說，黃遵憲力主「我手寫我口」。雖然未必成大氣候，但暮鼓晨鐘，發人深省，餘音裊裊，不絕如縷。

今有香江名醫，草書大家陳文岩先生以七十載歷煉，三千餘首詩詞之創作成果，彪炳詩壇，鷹揚嶺海。其詩諸體皆備，其詞長短並臻。世事，國事，藝事，醫事；家國情，夫妻情，朋友情，以至名山勝景，花飛鳥啼，美食茶趣，信手拈來，皆成妙筆。或機鋒逼人，或妙趣橫生，或沉鬱山重，或豪放浪奔，或拗折凝煉，或樸素流暢，均能意到筆香，句中有我，視覺獨特，辭由己出。高山松吼，夜雨鳴弦。東坡赤壁之詠，老杜洞庭之吟，白傅樂府之質實，放翁沈園之旖旎，種種詩境情調悉於篇中見之。此所謂古調新聲，舊瓶新酒也。而其嘎嘎獨造，新詞異境，鋭思妙喻，紛至沓來，尤非古典所能羈縛者。本書所選，約為文岩先生歷年所作十分之一，讀來已有美不勝收之感。

但本篇並非陳詩別裁。更重要，更出色，更有價值在於作者以自己的創作為例，具言詩詞可以這樣寫。（注意：不是一定要這樣寫。）用八個字來形容，就是：「遠公說法，金針度人」。

陳文岩先生主張詩詞當隨時代，要「能聞到舊詩詞呼吸的新鮮氣味而感覺到時代的脈搏」。主張律嚴韻寬，認為不必死守四聲八病的種種規矩以利初學。他又說：「詩詞的題材即是生活片段，俯拾皆是，若用詞造句能詩化，便可以於無詩處得詩來。」這就很自然地歸結到「寫詩也是一種生活態度」，「願讀者能與作者共享一個詩的世界」。

接着，本編進入詩應該怎樣寫的主題。有概論，有評點。詩分體，詞分調。又按內容分類，每類各舉若干作品為例。概論要言不煩，極為精警。評點或靈光一閃，或古今映照，或談煉意，或論鑄詞，或言音律；在詩話與禪語之間，可啟人尋思，亦可怡情悦性。讀到會心處，當令你掩卷而思，仰首而笑。此處不具引，讀者沿波討源，一路讀去，當知吾言不謬。

文岩先生善吟詠。嘗回鄉接受泉州電視台採訪。適逢大雨，主持人要求即景賦詩。先生即口占一絕云：「天公憐我好談詩，大雨傾盆來也遲，畢竟積污該一洗，滿城鬱悶已多時。」蓋大雨恰在先生於大學講詩完畢後。

又嘗於福州舉辦書法展，即席賦五古長歌，並以狂草書盈丈宣紙，滿場來賓歎為觀止！

文岩先生有七步成詩之才，早已蜚聲海內外。其詩亦如先生狂草，只見性情，不辨字句。而其論已作三百餘篇，以詩家自作詩話，不是「脂評」而近乎「脂評」，古往今來，未曾見也！也如天女散花，沾溉後學多矣。

如陳文岩先生所論，在熟讀古典詩詞，繼承傳統的基礎上，自鑄新詞寫心中事，眼前景，與時代同行，必將開一代新風，令中國文學的瑰寶煥發新的光芒。

秦嶺雪拜識　壬寅仲春

序二

唐代很遠，詩詞很近

胡西林

此刻坐在電腦前，一邊聽着音樂，一邊閱讀文岩兄發來的郵件，室外烈日炎炎，我卻涼爽如沐春風。郵件是文岩兄剛脱稿的新著，《舊詩詞，新呼吸》。文岩兄行醫之餘吟詩填詞，迄今已印行詩集八部共三千餘首。這次別開生面，沒把近作彙成新集，而是在歷年所作徜徉採擷為青年朋友説詩。雖自謂「此書不是作詩指南」，但仔細讀來卻有不是指南，勝卻指南之感。

無獨有偶，不久前曾接遠在美國的阮大仁先生一書稿，曰《阮大仁論行書》。大仁兄博學擅文，治近代史外更擅書法，其行書循文徵明，米芾上窺二王。其書以數十年心得「欲幫助年輕人培養一個思考的新角度」，冀「有助於復興書道」。

一位是醫家詩人，一位是史學家書法家，同為國粹操心，能不令人感慨乎？

比之書法，舊體詩詞的寫作更為冷門。莫説年輕一代，即便在如今古稀耄耋人群中能吟詩填詞者也寥寥。文岩兄常憂舊體詩詞會終成絕響。此新作也可視其為國粹發警歎，為傳統文化護生。

文岩兄驕人之處是不避人嫌，以自己作品為例談創作。這是他本色，是真性情。在他看來，舊體詩詞受格律束縛，使人望而卻步。而目前很多寫舊體詩詞的又「因循守舊，筆墨跟不上時代，使年輕人厭怕」。所以想用自己的體會帶領年青一代品賞中華文化瑰寶。雖是自撥琵琶，卻是「大珠小珠落玉盤」，只要細嚼。便會領略其中韻味。

文岩兄為本書取了個副標題：「詩可以這樣寫的」。拿自己詩作現身説法，與大仁兄論書一樣，是不藏私學，也不介意旁人的説三道四。詩人情懷，古今相通。蘇東坡有悼妻的「縱使相逢應不識，塵滿面，鬢如霜」，有懷弟的「但願人長久，千里共嬋娟」，有示兒的「無災無難到公卿」，有感懷的「小舟從此逝，江海寄餘生」，有懷古的「浪淘盡千古風流人物」，有唱和的「似花還似飛花，點點是離人淚」，有寓情於物的「揀盡寒枝不肯棲，寂寞沙洲冷」，有以景喻理的「不識廬山真面目，只緣身在此山中」，有帶有禪意的「若言琴上有琴聲，放在匣中何不鳴」，有偶興的「老夫聊發少年狂」，有遊戲文章「豈意青州三從事，化為烏有一先生」，和日常生活片段「日啖荔枝三百顆」，「正是河豚欲上時」。正如文岩兄書中所說：只要觀察入微，情動於中，詩詞俯拾皆是，可以「從無詩處得詩來」。唐朝很遠，詩詞真的很近。大如國際事件，小如身邊瑣事皆可入詩，文岩兄寫嫦娥衛星的《水調歌頭》結句「世外無居所，從此不言兵」實發人深省。寫情的《柳梢青》「愛猶酒，陳年更馨」。遊長城的「既是敞門求所以，再難盲目說應該」更是道人之未道。絕句也多清新可愛，如寫蚯蚓：「匍匐蜿蜒有跡存，誰言春夢了無痕，腸空未怨啃泥苦，為是生來愛護根」。一個「痕」字，整首詩都活了。詠牙籤更妙：「山珍海味不曾貪，餚盡侍筵豈是饞，能為眾生清口齒，拾人牙慧也心甘」，居然把帶貶義的變成讚美詞！令人再三回味的例子很多，不勝枚舉。且多用生活口語，如開快車赴急診「思無別繫御風馳，便過了紅燈幾度」，詩化的普通用語更活潑，如「杏林路上多風景，大塊抓來又一章」，論書的「胸中墨水自家池」，孤舟遊湖的「今夜西湖歸你我，莫留半杓別人分」。有時連英語如 whatsapp，phone-in 也直接入詩。文岩兄主張用今典，如詠俄羅斯紅場的「能抓老鼠，黑白何干」。

聞蚊能填小令，驗蚊屍竟成長歌！「詩也可以這樣寫」，信哉斯言！

壬寅秋　胡西林於湖上真乃居

前言

傳統古典詩詞，是中華文化的瑰寶。可惜年輕一代懂得的已不多了。一是覺得古詩詞內的東西跟現代人沾不上邊。另又為目前寫舊體詩詞的大都因循守舊，筆墨跟不上時代，使年青人厭怕。其實詩者因情動於中而形於言，今人與古人一樣有喜怒哀樂，只不過用於表達的文字方式有所不同而已

這書不是作詩指南，我不是學者，更不是職業詩人，書中就詩詞規則只簡略介紹。詩和詞，只是格式規律不同，都是表達個人的感受的韻語而已，所以沒有分開敍述。一理通，百理明。書取名《舊詩詞，新呼吸》，說明舊體詩詞是可以傳承下去的。不費太多篇幅講述格律，只因縱能恪守格律，但不能用新的詞句體現時代氣息，舊體詩詞便成了僵屍！福州袁勇麟教授曾在香港《文綜》期刊發表專文論我的詩詞，他所謂為舊體詩詞招魂或許就是這意思。

寫詩有那麼難嗎？詩詞題材即是生活片段，俯拾皆是。若用詞遣字能詩化，便可「於無詩處得詩來」。書中引用詩詞都選自我的作品，雖說是「王婆賣瓜」，自己評自己恐怕前無古人，但只要能觸動年青人的神經，使能聞到舊詩詞呼吸的新鮮氣味而感受到時代的脈搏就可以了。有感悟者當會再從唐詩宋詞找尋樂趣和營養，以提高自己的欣賞能力。我們不可期望人人可做詩人，適如趙翼所說「詩有別才」，但不懂欣賞傳統的精粹，又何來文化自信？

詩不是喫飯工具，韓愈說「餘事作詩人」也就這意思。詩純用於表達個人感情，寫詩也是種生活態度，懂詩對藝術的欣賞力肯定有裨益。中國畫講究詩、書、畫、印。自古有很多大畫家都愛說：吾詩第一，書第二，畫第三。蘇東坡說「腹有詩書氣自華」。本書援引的例作不囿於個人的傷春悲秋，自身邊瑣事至國際大事，無所不有，包羅萬象。願讀者能與我共賞一個詩的世界。更感謝香港著名詩人和散文作者秦嶺雪先生和杭州著名藝術鑒評家胡西林先生百忙中為本書作序，兩人的文彩和眼光為本書添色不少。

不求一石激起千層浪，如能吹皺一池春水，起一絲漣漪，足矣。

最後，我在書中加了幾幅個人書法和內子英華的畫作，免得版面過於單調。

目錄

詩可以這樣寫的

詩是有韻律的語言，無論在哪個國家，都是文化的精粹。能欣賞詩詞者無疑是具有審美的眼光，古人稱讚好畫是畫中有詩，但詩的意境卻不能全在畫中呈現出來。

中國詩歌自詩經，而楚辭、漢賦、唐詩、宋詞、元曲到目前的白話詩，已有三千多年歷史。所謂舊詩，泛指的是自唐以降的格律詩，而新詩則是五四運動後的白話詩，雖然去掉格律的枷鎖，但更像帶有多少音律的散文。卻不能如格律詩那樣易記可吟。李白的「**君不見黃河之水天上來**」，白居易的「**漢皇重色思傾國**」，蘇軾的「**大江東去**」，柳永的「**寒蟬悽切**」，讀過的大都記得，而且整篇背得。可是新詩有幾首令人記得，而且可背誦如流？

五四運動一大後遺症是把中文西化，甚麼「地」、「的」、「性」、「化」啊，經常把句子弄得不倫不類。曾看到某醫院的廣告：「一站性不育治療」，「優化性服務設備」等，令人啼笑皆非。

曾有香港文化人撰文說「舊詩已死」，理由是新時代的東西如電話、汽車等不能入詩，否則會破壞詩意云云。說來也是，如不能表達新事物，寫舊詩還有甚麼意義？但他可能忘記新文化健將魯迅、郁達夫都是寫舊詩的高手，毛澤東亦是。後來的朦朧派新詩人王辛笛老年時也專寫舊詩了！舊詩是中華文化精粹，生命力特別強。豈會容易死得？

我自小喜歡舊詩，至初中起自學。至今吟詠不斷，已結集出版八冊。最近蒙福州師範大學博導袁勇麟教授在《文綜》撰文許為舊體詩的現代招魂。前香港中文大學王晉光教授亦曾就我的詩詞在國際會議作多番論述。我亦曾在內地大學中文系講舊詩的創作，頗獲聽眾好評。這便催生我寫本書的念頭。

中文是單音字，舊體詩平仄的格律就是要加強音樂效果。一句平起的七言：平平仄仄平平仄，就如音樂的「篷篷斥斥篷篷斥」。所以我主張律要嚴。倒是句尾押韻可以寬點。現時並沒有標準韻書，寫舊詩大多用「平水韻」，把同音的字集在一組，如「一東」、「二冬」、「三江」、「四陽」等。我認為一東（dung）和二冬（dong）可共用，不必像清朝科舉時被當作出韻而會招致落榜。因為經過千年的遷徙，不同族群對同一個字的發音已有大變化，北京人「入派三聲」，已經沒有入聲。閩南人和廣東人發音也大不相同。唐詩「**遠上寒山石徑斜，白雲深處有人家，停車坐愛楓林晚，霜葉紅於二月花**」的「斜」字只有用閩南話才合韻。我用韻按《白香詞譜》的分類。因為填詞可通用的韻腳，現代人的舊詩應可接受。平仄的區分並不太難，以平上去入四聲來說，平，不管是陰平、陽平，都作平，上、去、入均歸作仄。簡單概括：凡是字音可拖長來讀者是平聲，急而速者是仄聲。現代國語沒有入聲，其實凡是閩、粵語的合唇音，英語以k、b、p做尾者均為入聲。一首詩中相隣兩句的收句要避免用同音字，如「人，仁」、「風，峰」、「中，忠」、「難，欄」、「收，修」等。律詩有八句，韻腳有四至五個，同音字至少相隔一韻腳，吟誦時較動聽。

此書不細談格律，姑且簡單說明一下。

七絕平起：

平平仄仄平平仄，仄仄平平仄仄平，
仄仄平平平仄仄，平平仄仄仄平平。

七律就如上述重複：

平平仄仄平平仄，仄仄平平仄仄平，
仄仄平平平仄仄，平平仄仄仄平平，
平平仄仄平平仄，仄仄平平仄仄平，
仄仄平平平仄仄，平平仄仄仄平平。

也可第一句即起韻，那就成平平仄仄仄平平。律詩中間四句成兩對，對平仄的要求，有「一、三、五不論，二、四、六分明」之說。杜牧：「**千里鶯啼綠映紅，水村山廓酒旗風，南朝四百八十寺，多少樓台煙雨中。**」多好的一首七絕，可是第三句是「平平仄仄仄仄仄」，可謂出格，但無礙詩意。偶一為之，無甚不可。至於「孤平」、「拗句」就簡單說明一下。李商隱：「**向晚意不適，驅車登古原，夕陽無限好，只是近黃昏。**」起句仄仄仄仄仄（正格應仄仄平平仄），第二句平平平仄平（正格是平平仄仄平），因首句的「不」字無合適平聲字可替，所以第二句第三字選用平聲字，即所謂「拗救」。再如李白：「**不敢高聲語，恐驚天上人**」，前句仄仄平平仄，後句應平平仄仄平，因「恐」是仄聲，後句便作仄平平仄平，是本句自救，亦「拗救」之一種。欲避孤平之病，儘量避免句子中兩仄夾一平。說穿了就是令整首詩讀來更鏗鏘悅耳而已。說犯「孤平」是死罪實在過份。規矩盡可能守，但不可死守。規矩太多，恐怕未入門已卻步。李可染如死守傳統山水畫的「披麻」、「斧劈」皴而不用層層積墨追求光影效果，能成一代大師嗎，傅抱石不用他那枯濕筆纏寫能體現那幽深煙嵐嗎？張大千潑彩畫就不是國畫嗎？至於甚麼「八病」就不提了，那麼多規矩，未入門先嚇跑了。說到底，一首符合規律但以杜撰艱澀詞句堆砌卻毫無感情的詩真是詩嗎？

藏唐碑宋帖
讀漢賦清詩
丙申陳文巖撰書

格式

舊詩的格式有絕句、律、歌行，各體又有五言、七言之分（魏晉時亦流行四言）。絕句和律詩格律較嚴，歌行則平仄用韻皆鬆，所謂古詩亦是。「古」者，以區分唐時格律既定的「新」也。詞則分短令和長調。長調一般分前後闋，填詞當然要按詞譜的平仄聲定位，不是把字數按詞譜的字數填滿就可。雖宋詞唱法已失傳，但按詞譜平仄所填基本上都可譜曲而唱。泉州的南音便有這方面的遺韻。

寫詩的方法有「賦」「比」「興」。賦即鋪敍，比則或以人喻物、物擬人，興則感觸或引人遐想。都是中文常用的寫作技巧。一般都混合使用。以下把選出的拙作詩詞稍作分類為例加以說明。

絕句

絕句只四句，寫時要起、承、轉、合。轉得好便見詩境，合則可見詩眼，點睛之處也。字數少，要寫得出色甚不容易。

給同學

西苑春遲至，含英未敢紅，
寄言桃杏李，何必候東風。

這是我初中時所作，老師遲到，作此勸同學自修。起即點題，承以桃、杏、李不敢綻紅比喻學生因老師未到不知所措，第三句一轉，接着就説不要等了。東風遲到，花可以照樣開。全首用的是比法。

五絕只二十個字，要寫成一首令人吟來有餘韻者很不容易。這方面古人有很多可取的例子。如唐孟浩然：「**春眠不覺曉，處處聞啼鳥，夜來風雨聲，花落知多少？**」王維：「**紅豆生南國，春來發幾枝，願君多採擷，此物最相思。**」李白：「**松下問童子，言師採藥去，只在此山中，雲深不知處。**」王之煥：「**白日依山盡，黃河入海流，欲窮千里目，更上一層樓。**」白居易：「**綠蟻新醅酒，紅泥小火爐，晚來天欲雪，能飲一杯無？**」南朝陶弘景：「**山中何所有，嶺上多白雲，只可自怡悅，不堪持贈君。**」都很堪借鏡。

詠梅

寒梅本傲骨，那比尋常枝，
不共群芳競，花開雪落時。

這也是我初中所作，以梅自況，是中國很多讀書人的志趣。花開，雪落，兩個似乎反向的動作並提，語氣更加突出。

甲午

中國詩的五絕，寥寥二十個字，或可以西畫藝術的極簡主義（Minimalism）視之。

詠蜂

稍逢外敵侵，群起一條心，
未見蜂巢裡，曾傳賣國吟！

以蜂群的團結諷賣國者。曹植「**煮豆燃豆箕，豆在釜中泣，本是同根生，相煎何太急**」，以物擬人，表達個人的無奈。此處以物警世，賣國者讀之當汗顏。

遊石林

雨打風吹石為尊，千年腐蝕不銷魂，
兩情若使堅如此，深圳何來二奶村？

這是遊雲南石林所作，第三句的「轉」令這詩有別「到此一遊」的順口溜。末句更是全首的點睛。這裡的「轉」無半點牽強，因為「情比金堅」、「海枯石爛」、「金石之盟」都是慣用來喻愛情的。這就是意境，把看到的境物和心中的感受聯在一起。再用凝練的文字表達出來就是詩。孔子曾說「不學詩，無以言」，當然不是說不學詩就不會說話，而學詩更能掌握文字的表現技巧。

網上見太極內功碎磚，口占

江湖此日雜魚龍，到處吹嘘演葛洪①，
哎呀一聲驚腕斷，始知磚內竟非空②！

①東漢葛洪煉丹吐納，此處指氣功。②被徒弟以實心磚愚弄。

所謂口占，即出口而出，一般是絕句，避用險韻。

遊峨眉金頂遭封路

半路封山只等閑，皆因官大保安難，
使君果有真能耐，應叫太陽不下山。

這是我遊峨嵋山下山時遇到封路，因為有大官要趕在日落前上金頂。如果沒有後兩句便與順口溜無別。舊詩可諷，但絕不會像某些新詩來一句低俗大罵。短短四句，或可深入讀者腦海，令人回味。用語雖淺白，卻有別於最近爆紅網絡的「屎尿詩」。這首詩直寫，用賦法，但尾句是比、興並用，因耐人尋味，成了整首的詩眼。

笑吳榮治談各種大小榴槤饞狀

休貪燕①瘦與環②肥，豈有多情少是非，
商紂③周幽④同一命，城堅難敵細腰圍⑤。

①趙飛燕。②楊玉環。③商紂王。④周幽王。⑤美人多小腰。

「燕瘦環肥」泛喻果之不同品種，以美色喻美味，以「多情」喻饞嘴無甚不可喫，以「是非」喻貪吃免不了有後遺症。第三句的「轉」以古代貪美色而失國喻後遺症的嚴重，第四句亦有暗喻，細腰圍固然指美人，但亦暗指粗腰圍的害處。全首起承轉接渾成自然，用的是「比」法。當然若非好友，提商紂、周幽就有點那個了。

順便提一故事。明萬曆年間，有翰林編修黃志明為一富翁新樓題扁，擬取陸游詩中「**小樓一夜聽春雨**」題為「聽雨樓」，不料一時錯寫成「聽月樓」。有觀者取笑說「自古有玩月，賞月，踏月，何來聽月？」黃大窘，正欲重寫，其妻邱應儀本福建晉江才女，笑着說：「聽月絕妙，何須重寫？古人早已有詩：『**聽月樓頭接太清，依樓聽月最分明，摩天咿啞冰輪轉，搗藥叮咚玉杵鳴，樂奏廣寒聲細細，斧柯丹桂響叮叮，偶然一陣香風起，吹落嫦娥笑語聲。**』」誰說月不可以聽？玉兔搗藥，吳剛伐樹，不會發出聲音嗎？月似冰輪，輪轉動時也得出聲。這首聽月詩用事件來暗喻聲音，極有想像力。我那論吃榴槤七絕亦類似。

北京書法展即席

落筆詩來不待催，惜無瑞雪扣窗扉，
教能趕上梅花綻，更勝山陰醉一回。

當年我首次在北京世紀壇做「潑墨澆心」個人書法展。群賢畢至。時值冬季，天寒，想起如有下雪且有梅花，豈不比王羲之蘭亭修禊更令人心醉？因而即席作此並書示到場友儕。

龍山寺千手觀音

古剎觀音佛母顏，開宗大愛坐龍山，
因何千手還千眼，怕是人間事太煩。

供奉彌勒佛寺廟常有對聯：「**大肚能容，容天下難容之事；笑口常開，笑天下可笑之人。**」我詩也是從此得到靈感。從眼前觀音像的千手千眼聯想到要管的世

惟坐卧其中与水

竹相宜耳勿多植只

种两竿清泉自绕其根

写影寒其气自清虚

花木

庚寅陈文尔堂

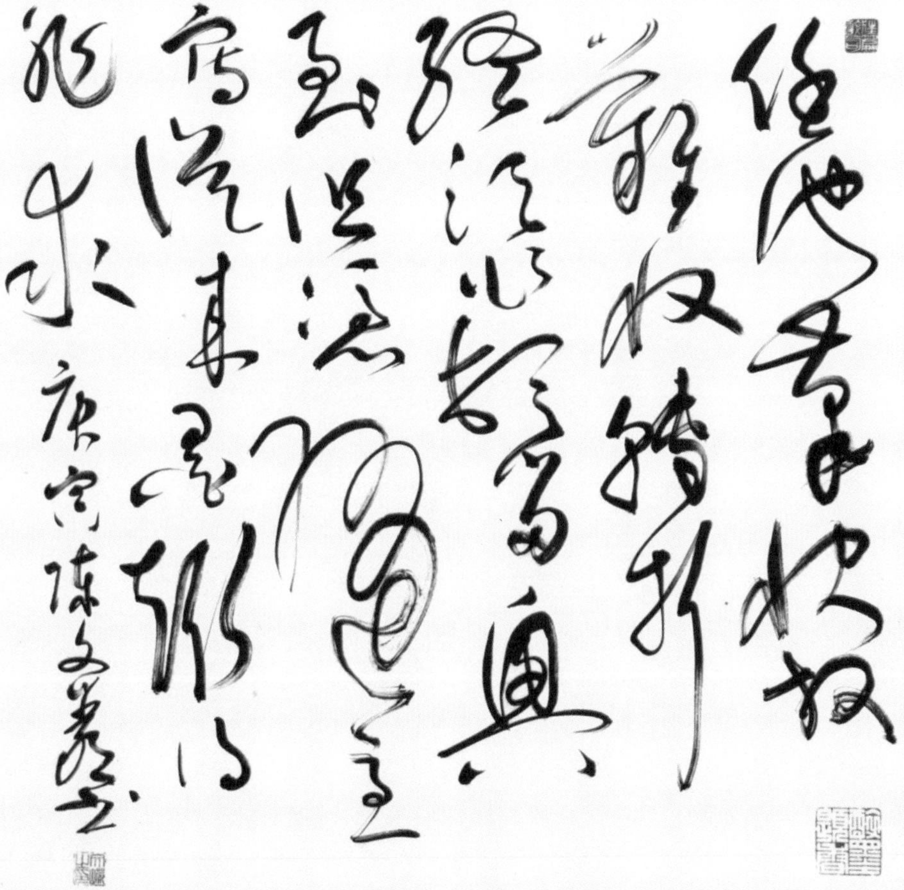

事太多，沒千手千眼怎顧得來？「聯想」是作詩的一大要素。千手觀音類似藏傳佛教的大白傘佛母。

又聞殺雞

萬物天生道不平，為人口腹命何輕，
誰知無故多逢劫，至死未曾啼一聲。

末句寫未成年的雞都遭撲殺。四句起承轉合渾成，尾句又覆證首句的「天道不平」。

詠朱棣款瓷瓶

當年承露說難清，粉頸①猶留皇帝名，
只道如今成棄婦，有人抬轎又還京。

①瓷瓶頸。

有人欲捐贈四萬件古董級瓷器給北京師範大學，可惜大多是贗品。其中一件長頸玉壺春瓶頸更有大明永樂皇帝朱棣款，真是貽笑大方！此詩用「比」法，以美人喻瓷瓶。首句「承露」指美人受皇帝恩寵，「説難清」就是無以詳究。第二句亦以「粉頸」喻瓶頸，本來這瓶不值一文，故曰「成棄婦」，末句「又還京」指捐贈事件。如此假古董怎會得到北師大青睞？因為有所謂專家曾為品鑑！這句中「抬轎」固然指抬美人，而且俗語「為人抬轎」常用以諷喻替人吹捧。

竹筒

用刀如筆走龍蛇，仿佛竹林又煮茶①，
之羽②何人余不識，但從歲月辨乾嘉③。

①竹筒雕文人竹林雅集。②款：王之羽。③乾隆，嘉慶。

得一竹筒，皮縠包漿老舊，雕工一流，有王之羽款。余查檢後方知他是清中後期著名竹雕家。

見東京拍賣狂熱占四句

古物磨人情不輕，八方風雨會東京，
千金一擲尋常見，鶴企塘邊引頸鳴。

拍賣會上一擲千金是常事。香港俚語：「塘邊鶴」，只能站在旁邊看，指吾輩囊中羞澀不能參與。
香港中文大學前教授王晉光曾有專文論我多用粵閩方言入詩，此亦一例。

謝章群為刻「無我」閑章

排朱布白究方圓，筆底功夫刀下延①，
「無我」於今真悟得，石中地②是掌中天。

①篆刻乃書法之延續。②印面即「地」。

印章石上的「地」對掌中的「天」，使人對篆刻藝術有無限想像。

泰寧行吟，早餐即席

果然財大不知愁，雞蛋豆漿未肯收，
記否當年大躍進，菜團子①是罕珍饈？

①野菜做成包子。

早餐時有土豪見只有雞蛋、豆漿、麵包，不滿而大聲吵鬧。當年大躍進又逢天災，天天稀粥已是難得。苦日子才過去，身上有些錢便不可一世，能不令人欷歔！只要有感，信手拈來都是詩。王維：「**君自故鄉來，應知故鄉事，來日綺窗前，寒梅着花未？**」和「**渭城朝雨浥輕塵，客舍青青柳色新，勸君更進一杯酒，西出陽關無故人。**」一是向友人問鄉訊，一是送別友人。在那情景，一首絕句相信不假思索。

連日苦熱，颶風頻仍

酷熱如斯久未聞，何堪風暴又來頻，
碑云七殺雖無據，莫道蒼天不殺人。

傳張獻忠立七殺碑，曰：「**天賜萬物以養人，人無一德以報天，殺，殺，殺，殺，殺，殺，殺。**」此處引用七殺碑以警世。

家門前偶得

山坡蓮霧①是誰栽？滿樹緋紅着雨開，
天使為余留一口，幾枝特意過牆來。

①果實名。

第三句的轉，整首詩便活了，似乎蓮霧果樹聽天指示特為過牆給我品嚐。靈感得自前人詩「**春色滿園關不住，一枝紅杏出墻來**」。

見雪地梅枝

獨抱微醺映雪霜，身無半寸附炎腸，
便教天妒風摧骨，枝折猶留滿地香。

亦陸游《卜算子》「**零落成泥碾作塵，只有香如故**」之意也。

喫豆腐偶得

鬥角勾心無可宣，千秋得失以何傳，
誰知整冊淮南子，不及一方豆腐磚。

淮南王劉安編《淮南子》，漢武帝時以謀反不成被抓後自殺。據說他也是豆腐創始人。《淮南子》雖能傳世，但影響不如豆腐普及。

初春見籬邊花（一）

屋外鶯聲舊歲同，才甦新綠未成叢，
一年最愛春消息，都在籬花間竹紅。

這詩的作意亦類似「**應憐屐齒印蒼苔，小扣柴扉久不開，春色滿園關不住，**

一枝紅杏出牆來」，詩人被一枝出牆的紅杏所引發，我作這首的靈感則是籬邊竹間的一點紅。詩從來是一觸間所得，不是故意覓來的。

初春見籬邊花（二）

籬花間竹報春來，一臉嬌羞頭半抬，
說是防瘟須罩口，紅唇只得背人開。

常以人比花，如張先寫閨怨的「**不如桃杏，猶解嫁東風**」指婦人與丈夫相見難期，此首則以花擬人，花不戴口罩，只能「頭半抬」，「背人開」，可見當時疫情，花猶如此，人何以堪？

律詩

亦可作五言七言，但中間兩聯對偶最考功夫，不但平仄對仗，詞性亦須同類。唐人律詩以杜甫、李商隱最工，宋陸游、清袁枚皆擅此道。作律詩當然比絕句難，因詩中對偶極須斟酌。常見的敗筆是一對聯的兩句含意重複。更要注意不可堆砌令整首詩不透氣。從律詩衍生出來的對聯已成為一獨立文體，這裡不再多述。只舉一拙作為例：「**千秋大業三杯酒，萬古雲霄一泡茶。**」

望月

一輪皎潔月，同照五洲明，
世上偏多事，人間不太平，

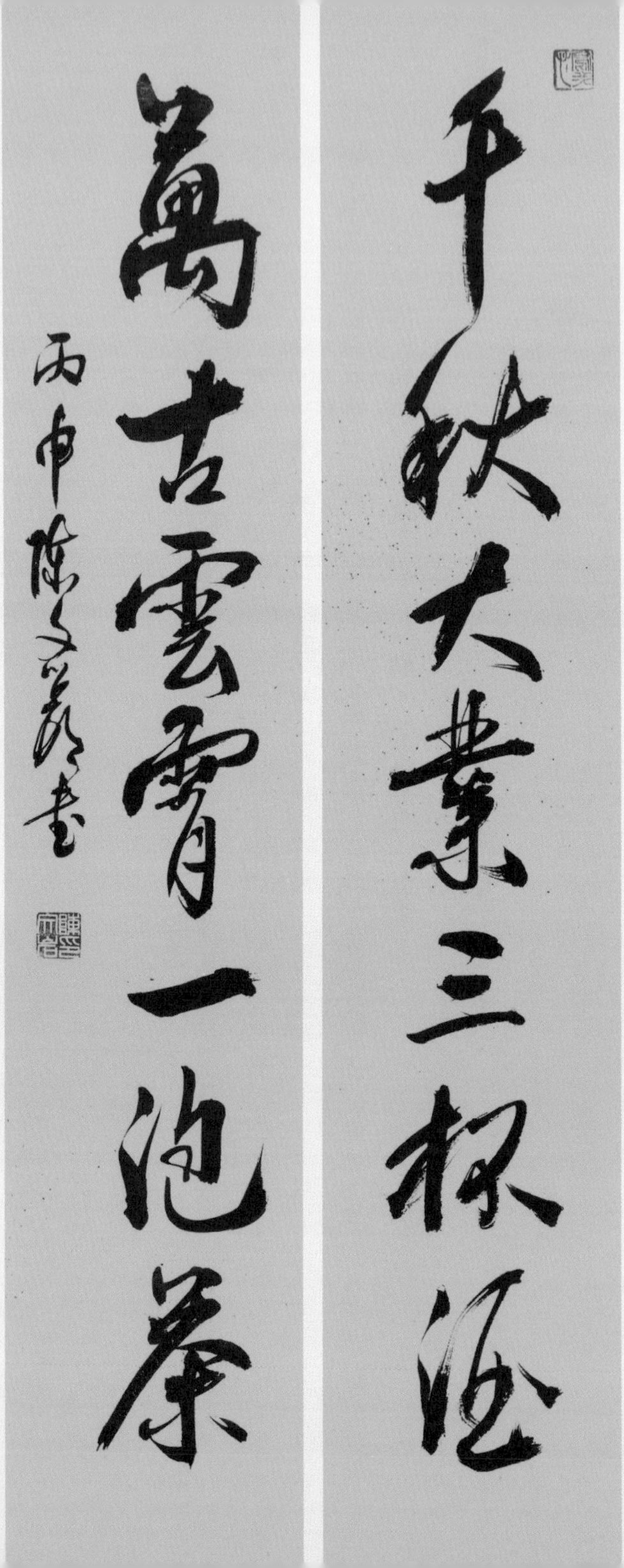
千秋大業三杯酒
萬古雲霄一泡茶
丙申

應驚頻發水①，難止早溶冰②，
何日無征戰，相親如弟兄？

①水災。②北極冰。

「世上」對「人間」，「偏多事」對「不太平」，「應驚」對「難止」，「頻發水」對「早溶冰」。

蘇東坡望月是「**但願人長久，千里共嬋娟**」，此詩以更廣闊的角度祈盼世人相親如弟兄。

安海五里橋

石橋鋪五里，堅固立千年，
東岸通西廓，南人上北船，
鄭家①曾發跡，大將②苦營邊，

借問往來客，誰還記以前？

①鄭芝龍。②鄭成功。

此詩妙在東西南北四字。

遊青城山

來探青城天下幽，卻逢佳節闔家遊，
石階級級驚腰軟，汗水人人浹背流，
小子已經生腳繭，老君何必皺眉頭，
上清不愧神仙境，一片煙霞萬籟收。

這首遊青山城用賦法，平鋪直敍。詩的對偶工整，「石階」對「汗水」，「級級」對「人人」，「驚腰軟」對「浹背流」。全詩亮點在「小子」「老君」兩句，佻皮生動也寫實，因為是步行上去，且山頂供奉的三清中就有太上老君。

記石君治沙

一陣風飄三十里，幼年生就許黃沙，
滿空塵雨將何庇，四壁泥濘即是家，
長住邊陲成老馬，永教禿土出甜瓜，
河山半是難耕地，十億芸芸幾個他？

這詩記定邊縣有石君幼年被風沙捲走，終銳意治沙。「滿空」對「四壁」，「塵雨」對「泥濘」，「長住」對「永教」，「邊陲」對「禿土」，「老馬」對「甜瓜」，就是盛唐律詩的標準要求。

遊太湖光明亭有感

亭曰光明紀國殤，當年黑霧起扶桑，
豆粱關北呼兒女，魚米江南哭父娘，
風雨驚心逃鼠蟻，河山拱手讓豺狼，
馬山豈是頭顱賤，為救中華不姓汪。

「豆粱」對「魚米」，「關北」對「江南」，「呼兒女」對「哭父娘」，「風雨」對「河山」，「驚心」對「拱手」，「逃鼠蟻」對「讓豺狼」都很工整。

光明亭為記念馬山抗日遊擊隊所建。詩不提烈士怎麼英勇，卻用兩聯寫當時戰局。誰人不怕死？但為救國不惜拋頭顱是真烈士也。

聖誕憶居英倫時

北國冰封沒車輪，聖誕家家盼老人，
道自煙囪能入屋①，果然禮物免敲門，
由他古早傳無據，幾個兒時夢必真？
最愛圍爐親子夜，火雞烤熟雪紛紛。

①傳聖誕老人自煙囪入屋。

「入屋」對「敲門」，「古早」對「兒時」，「無據」對「必真」。工整的律詩寫的是現代的事物。「古早」一詞至今尤廣泛用於閩語。

劍橋冬日

指僵鼻冷最難消，誰叫嚴冬到劍橋，
樹底猶驚新綠嫩，籬邊已着小紅嬌，
兩聲雁唳催人醒，幾點燈暈入夢寥，
果是他鄉風景異，居然日出雪還飄。

「樹底」對「籬邊」，「猶驚」對「已着」，「新綠」對「小紅」，「嫩」對「嬌」，「兩聲」對「幾點」，「雁唳」對「燈暈」，「催人醒」對「入夢頻」。

園中景色

淺翠深紅換幾層，一園景色四時更，
芽因着雨隨機發，葉欲朝陽到處生，
松柏雖魁難獨秀，藤荊若死卻多萌，
無情草木猶如此，各為春泥逐寸爭！

借花園中的草木為爭陽光泥土暗喻世道，詩味就更值得細品。春泥引自龔自珍名句「**落紅豈是無情物，化作春泥更護花**」，但我的觀點卻是草木也和人一樣爭地盤，意更深長。

詩中「芽因」對「葉欲」，「着雨」對「朝陽」，「隨機發」對「到處生」，「松柏」對「藤荊」，「雖魁」對「若死」，「難獨秀」對「卻多萌」，不但平仄合律，詞性亦合規矩，即名詞互對，動詞互對，虛字互對，形容詞互對，連數字詞都一樣。更要避免對仗時上下句的虛字語義相似，如「無」對「少」，「似」對「如」，「能」對「可」，「因」對「為」，「又」對「更」等。

憶南京大屠殺

維新小島大和魂，強欲中華一口吞，
說甚文明多學我，訴諸武力不留人。
殺頭直致刀鋒鈍，剽地何曾粟粒存，
莫道史書容易改，金陵白骨辨誰墳。

日本不承認南京大屠殺。雖文化傳自中華，但侵略時殺人不手軟，「不留人」「刀鋒鈍」是也。

聖誕前夕倒墨寫字

雪地傳來麋鹿①鈴，爭迎佳節入香城，
羨人出外休長假，笑我留家守老營②，
未必大餐真享受，應知狂草更抒情，
也憐愛墨非貪酒，今夜毋教開錯瓶！

①相傳聖誕老人駕繫鈴鹿車。②謂假日不外遊。

結尾以酒和墨並提，聖誕前夕人倒酒，我倒墨。

覆林峰示過關羽祠詩

千秋香火帝爺公，義薄雲天歷代崇，
單騎尋兄騰赤兔，五關斬將試青龍，
水淹有計擒龐德，煙警無方退呂蒙，
身在曹營心在漢，悔為剛愎負隆中①。

①諸葛亮隆中對策：三分天下，連吳抗魏。

詩中的對仗工整。「單騎」對「五關」，「尋兄」對「斬將」，「赤兔」對「青龍」，「水淹」對「煙警」，「龐德」對「呂蒙」，末句指出關羽的性格導致諸葛亮隆中對策不得完美實施。正是「是非留與後人說」。

過司徒拔道見樹被截斬

一木巍然立路旁，百年艱苦幾風霜，

留根尚附殘垣便①，有病偏逢利鋸長②，
信是天恩能保命，終因人禍始遭殃，
樹真有種焉能罷？春後還看再破牆！

①樹根緊附墻面。②樹上截被鋸掉。

「留根」對「有病」，「尚附」對「偏逢」，「殘垣便」對「利鋸長」，「信是」對「終因」，「天恩」對「人禍」，「能保命」對「始遭殃」。

香港有很多所謂「牆樹」，樹根植附於牆身。此詩慨歎政府亂斬樹。「再破牆」寫樹的不屈精神。

假日閑居

春霧迷濛忒悶人，恁低氣壓怎提神，
鳥聲隱約猶爭早，柳眼惺忪強破晨，

半碗濃羹充午頓，一場影視又黃昏，
老妻也自耽針織，鎮日相陪未出門。

這詩亦對仗工整，寫閑居。整首結構嚴密，春霧故而氣壓低，「迷濛」、「隱約」、「惺忪」都有懶洋洋的味道，「充」是「隨隨便便」，「又」字令人感到時間過得快，妻子相陪，假日不出門也。

寄黃君實師論書

問我書道以何尊，氣魄在心自不群，
袖底青蛇①誰可得，毫端蚯蚓②未堪論，
經營佈局雕蟲技，吞吐大荒振瞽文，
便許覺斯扛鼎③力，趣輸青主④兩三分。

①徐渭有章，印文：袖底青蛇。②指用筆軟弱，線條如蚯蚓。③王鐸，字覺斯，人謂用筆力可扛鼎。④傅青主書多趣意。

余從黃君實學草書，偏愛明人意趣。明末草書，傅山（青主）獨得趣字。

與為余操辦泉州書法展諸友晚聚

信是生來有墨緣，懸空直落丈餘宣①，
平時赴急②忙終日，此刻偷閑樂半天，
欲自揚州③追白石④，更因海客⑤慕青蓮⑥，
酬君不換五花馬⑦，自出珍藏卅載前。

①丈餘長宣紙。②急診。③《揚州慢》詞。④姜白石最著名為《揚州慢》一詞。⑤海客談瀛洲，是李白《夢遊天姥吟留別》開句。⑥李白號青蓮居士。⑦「五花馬，千金裘」，是李白《將進酒》末句。

詩中兩聯對仗都工整。結尾出自李白《將進酒》。

赴宴罷半夜出急診

入肚飽魚撐未消，耳邊忽報病危招，
為他早已愁千結，問我還餘路幾條，
長夜漫漫心慼慼，朔風凜凜雨瀟瀟，
披衣又得飛車趕，十里牽腸只恨遙！

「漫漫」，「慼慼」，「凜凜」，「瀟瀟」，兩對疊字加深詩的意境。起句「入肚」，尾句以「牽腸」應之。路只十里，卻覺得太遠。醫者心情畢現。

古詩

古詩不分平仄、字數，但容易流為口號。所以內容，修辭極重要。即使是議論也須推敲用詞遣字，不致吟時如嚼蠟。

如八句律詩不足以完全表達要寫的內容，古詩就是很好的選擇，在絕句、律詩的形式未定時，古詩最為流行，尤其是魏晉南北朝時期。《古詩十九首》，《木蘭辭》，陶淵明的詩，就是此時的代表作。

給「在園」雅集諸友

山中才兩朝，得詩二十首，詩思湧如泉，情動非因酒，
此身原是蠶①，市囂纏我久，難得臨在園，筆墨會諸友，
湖中侶魚蝦，屋外聽雞狗，天地廣如斯，心寬即盡有，

且貪鴨羊肥，不為黃花瘦②，管甚膽固醇，味美君知否？

①李商隱：春蠶到死絲方盡，此處以絲、詩同音喻。②李清照：人比黃花瘦。

這是我應邀到「在園」雅集所作的五古，全從陶淵明借鑑，未知可有陶詩風味？李清照的「**莫道不銷魂，簾捲西風，人比黃花瘦**」是千古名句，妙處在於「瘦」字。這裡特用以和「肥」字對比。最後以膽固醇入詩，是筆墨當隨時代，但有李清照襯托，讀來不覺突兀。

候機大堂桃花久未開今驟放

日前春才立，旋又趕春歸，一夜北風起，恐要與花違，
壓歲一株剪，久未見芳菲，蓄多枝上掛，半放只一枚，
莫是來春苦，花也不敢窺，今晨紅日照，未料帶春回，
人猶未解凍，爭艷卻為誰，年年迎節慶，花亦循天規。

梅開緣雪降，桃綻春緊隨，天教花有信，來報鱖魚肥①。

①唐張志和：「桃花流水鱖魚肥」。

這是我在候機大堂見慶祝新年的桃花而作。「**莫是來春苦，花也不敢窺**」、「**人猶未解凍，爭艷卻為誰**」，用擬人法。是年苦寒，桃花大多不開。因桃花突綻放而聯想到張志和的《漁歌子》。

赴美機上赴兒婚宴

朝起巡房罷，即上遠航機。關山腳底過，雲海身邊移。
半空賒眠宿，披星戴月飛。天涯猶咫尺，證婚豈可遲？
養兒一百歲，誰不長掛思？但將心中語，悄悄告乖兒。
能得添香袖，不必案齊眉。姻緣牽千里，同林揀一枝。
人生長途賽，倦時得相依。如賓敬彼此，白頭偕可期。
殷殷盼來歲，有喜報翁知，休言身手健，我也近古稀。

古人舉案齊眉故事雖是表現夫妻相敬如賓，但今人看來有男尊女卑之嫌。

寒夜醫院傳呼，路上作

連日天苦寒，被厚猶嫌單，屋冷風透隙，生火憂氣乾，
非關生性惰，唯有離床難，誰知傳呼急，未管夜已殘，
生死懸一線，候我九轉丹，被窩才睡暖，披衣起身翻，
開車路上趕，又該日出還！臨行向妻囑，毋為備早餐！

雖天冷離床難，殘夜赴急卻又到日出始能還家。讀者當可體會醫生之苦。詩中無艱深用語，無用典。唯有真性情，用五古更覺樸實無華。亦《古詩十九首》之遺韻。

觀杜牧張好好詩卷後

風流說樊川，絕世也空前，瀟灑源本性，空靈出自然，

結子長遺恨，成蔭難續緣，十年揚州夢，醒來詩一篇，
二十四橋月，餘音憶管絃，斯人不復見，墨跡喜窺原，
一卷張好好，輾轉千百年，筆底多蘊秀，行裡露心酸，
泥法無可取，情至入毫端，信知書如劍，意到紙可穿。

前半取自杜牧著名絕句，後半寫其書法。文人書法不獨以線條論之。

為腎衰吟

百食入腹罷，渣滓留在腸，轉化生毒廢，經腎無所藏，
腎衰知何苦，血貧臟腑傷，眼前十道菜，嘗無一味香，
活命難缺水，水多積肺囊，睡時如牛喘，藥已救無方，
尿毒需透析，一週三日忙，富怨花費貴，恨不開銀行，
可憐窮人戶，米甕存無糧，誰不盼換腎，漆夜見曙光，
移植渡苦海，續命感慈航，五載未嫌短，廿載不為長，
新腎縱難永，總比無腎強！

這詩題材特別，非醫者不能為。全詩直白，寫法如白居易的《賣炭翁》，腎病者讀來應會感同身受。詩詞寫作若盡在書齋或局限於小圈子的文人只會是老調重彈，缺乏生命力。

醫院歸來又聞鳥唱

診罷歸來歇，悠然聽鳥聲，雌雄吱喳應，喁喁訴衷情，
羽毛自家惜，般般復叮嚀，也知非高調，聲雅氣更清，
忽而枝頭顫，忽而立窗櫺，緣何久不見，可真怨巢傾？
事起不關我，禍來歎莫名，滿城應尋遍，誰似我門庭？
我家幽徑僻，長無冠蓋行，休嫌寒枝老，園小好居停，
園外天雖闊，到處有飛鷹！

長篇易作，結句難求，此處以鷹提醒小鳥：還是在我家園作巢較安全，鳥巢雖被風吹跌，小鳥終於又回來。

小屋（陋室新銘）

結廬在人寰，千金買尺土，助行無電梯，上落幾十步，目不見霓虹，耳不聞歌舞，左不倚青龍，右不臥白虎，寒夜月窺窗，清晨花凝露，啼鳥躍枝頭，車水①不擋戶，苔痕欲侵階②，樹影半遮路，待客無華堂，飽腹有私滷③，工餘自揮毫，盡把心中吐，綴壁無吉金④，但以塗鴉補，我原一介閑布衣，難得如此天眷顧，陋室倩誰銘⑤，一首短詩聊充數。

①李後主：「車如流水馬如龍」。②《陋室銘》：「苔痕上階綠」。③滷水。④吉金片羽。⑤《陋室銘》。

這詩靈感得自劉禹錫的《陋室銘》，作法亦類似。左青龍，右白虎，風水師常用語。

長篇歌行

長篇不易作，起句和結尾最重要。我偏愛李白。起句如「**君不見黃河之水天上來**」，破空而出，真絕！結句如「**安能摧眉折腰事權貴，使我不得開心顏**」硬把一首旅遊詩急煞停。長篇寫一百字可以，二百字也行，但怎麼能收得出眾卻費心思。我常即席揮毫作長篇，因為不須為平仄分心，但落筆前我一定先有句可結尾才行。杜甫、白居易的長篇都是很值得學習的範作。

長江歎

長江流萬里，誰與說曾經，洶湧出三峽，迂迴繞洞庭，
朝才辭白帝，暮已向江陵①，萬噸崑崙雪，直入東海傾，

曾驚巴蜀盛，曾羨吳楚興，吳楚留良渚②，巴蜀耀三星③，
神州分南北，炎黃一族凝，滔滔長江水，育我漢文明，
奈何人恃寵，鬥天比輸贏，為從水抽電，翻江沒古城，
一水攔腰截，嗚咽不成聲，群峰餘寸壁，三峽似湖平，
襄王縱有意，神女已忘情④，成敗難早判，生態已變形，
有利焉無害，有害權其輕，
但願千秋後，有人翹指讚句好工程。

①李白詩：「朝辭白帝彩雲間，千里江陵一日還。」②太湖區出土原始玉器稱為良渚文化。③四川三星堆出土大批特色青銅器。④楚襄王夢神女。

這是三峽工程尚未峻工我與中學同窗遊三峽時所作。起句即點題，結句是對該工程祈願。中間就是長江自己的故事，先寫其流經水道，再述沿江的文明。「**一水攔腰截，嗚咽不成聲**」指三峽工程。結句是祈願。

泰國海嘯

人生誰無死？死要得其時。聖誕尋歡樂，誰料樂成悲。
無風海捲雲，水如萬馬奔。浪掀三百尺，一撼岸能吞。
灘上休閑者，霎時嚇欲昏。百年未一見，臆說各紛紜。
都訝潮退急，水逝珊瑚立。須臾大浪來，捲物如龍吸。
浪來不認人，當者如垃圾。海濤發狂翻，人力豈能及？
霹靂千鈞推，廣廈脆如灰。人身便鐵鑄，恐也不堪摧！
回望催命水，恨不生四腿。快者僥倖存，慢者即成鬼。
亡魂歸不得，聞者心亦酸。昔時度假地，潮過廢一團。
不聞叫呼不聞哭，不見村莊不見屋。一夕消失水濤中，
飄浮唯剩竹與木。君記否羅馬前古有文明，火山一爆毀全城。
信知人難與天爭，但祈互愛不再相折騰！

此首純寫實，幾換韻，且平仄互相間替，讀來更鏗鏘上口，令人沉痛。

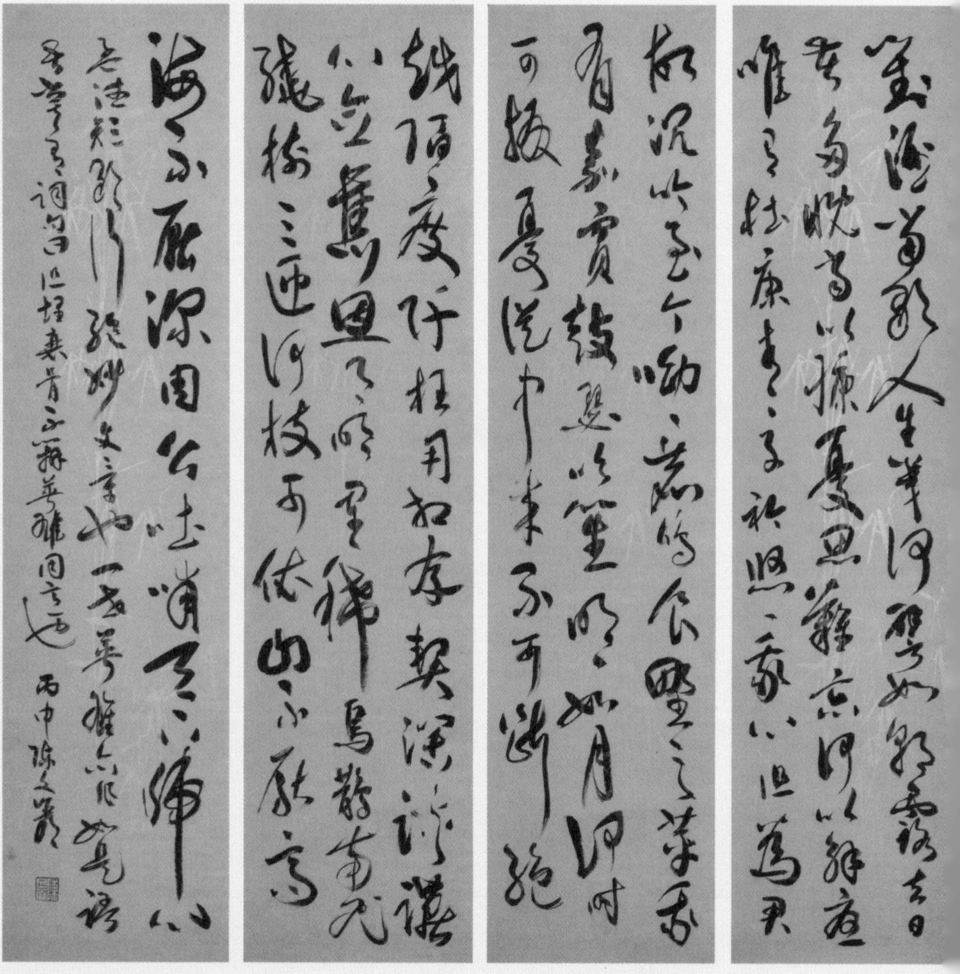

馬囈

天賜四蹄跑若飛，也曾踏燕①口銜枚②，
將軍百戰能無我？偶當儀仗③也添威，
過關取級憑赤兔④，突圍臨江有烏騅⑤，
拼死皆因欲護主，檀溪一躍終脫危⑥，
昭陵表功雕六駿⑦，未如喂我青草肥，
天教結緣馱大將，縱遇險境誓相隨，
吾輩生來自有相，奈何世間伯樂稀⑧，
誰箇伏櫪⑨甘認老，可憐今為博彩追⑩，
江山代有梟雄出，五洲到處戰鼓擂，
安得舉世烽煙息，歡聲送我南山歸⑪。

①漢墓出土有馬踏飛燕。②行軍時馬口銜枚使馬不作聲響。③馬儀仗隊。
④關羽騎赤兔馬。⑤項羽騎烏騅馬。⑥劉備騎的盧躍過檀溪逃追兵。⑦唐太宗昭

陵有其生前所騎六駿石雕。⑧伯樂善相馬。⑨曹操詩有「老驥伏櫪，志在千里」。⑩以賽馬博彩。⑪太平時即馬放南山。

這是我迎馬年所作。全詩都是馬的典故，可是長篇易寫，結尾好句難一求。這裡用「**刀兵入庫，馬放南山**」結束，以馬的身份祈盼和平，詩的境界也提高了。

觀世界杯足球賽

為是爭殊榮，練得腳技精，豈止一場賽，直是一場兵，
守如壁千仞，攻似潮撼城，難得守門將，身如飛燕輕，
球發左右角，處變也不驚，四年輪一度，一戰可成名，
舉國許重任，心中只有贏，榮辱繫一線，筋疲未敢停，
君可見射門一刻皆屏息，觀眾座上那萬對大眼睛？

長篇古詩加入長短句便成歌行，更加生動活潑。李白最擅此道。

大雨歌

一夜電光閃不停，紅雨瞬又黑雨升①，才因積水涉難過，又恐路旁山泥傾，平日小澗潺潺響，今朝瀑布震耳鳴，殘枝亂葉堆滿地，到處澤國車堵城，也知雨水生之本，好雨潤物細無聲②，天養人兮人何報，不停污染不停兵，人性如斯劣，天豈不降刑，雨急如天塌，天怒應知驚，驚也有何用，夢長終須醒，但盼寰宇靖，雨過依然四野青。

①香港有紅雨黑雨警號。②杜甫句：「好雨知時節，當春乃發生。隨風潛入夜，潤物細無聲。」

這是暴風雨夜即興。全首皆淺白日常語，只引用杜甫一句詩。結句有《茅屋為秋風所破歌》的遺韻，再次證明結句是寫長篇的重要一環。

詞

詩自魏晉的四、五言進化到唐，以五、七言為正規，詩風大盛，格律已定，為後世圭臬。但音律感始終變化不多。於是有詞的出現，故詞有「詩餘」之稱。李白的《憶秦娥》和《菩薩蠻》被譽為鼻祖。經五代至宋乃大盛。有短令、長調，要依詞譜填寫，故又稱「倚聲」。我填詞主要依《白香詞譜》。輕快的選平聲調，如《滿庭芳》、《八聲甘州》、《水調歌頭》。悲切沉痛的用仄韻調，如《雨霖鈴》、《念奴嬌》、《桂枝香》等。一般來說，如一首律句不能盡意則可用長篇古詩或詞來表達。或以為填詞較難，其實因為詞多分前後段，鋪排反而較易，只要搞清平仄即可。一般前半寫所見，後半寫所想。如蘇東坡《念奴嬌》前半闋「**亂石崩雲，驚濤裂岸，捲起千堆雪**」寫赤壁所見，到後半闋聯想赤壁之戰「**遙想公瑾當年**」。毛澤東《沁園春》亦如此，開頭寫「**北國風光，千里冰封，萬里雪飄**」，後半即由「**江山**

如此多嬌，引無數英雄競折腰」的感慨延伸至「**數風流人物，還看今朝**」，充分表現作者的氣魄。

短令

詞在五代宋初，多為短、中令。到柳永始創長調，當時有水井處皆歌柳詞，實當時之時代曲。一般主張詞以婉約言情為正宗。所謂情除了風花雪月就是男女私情。其實個人感遇、家國情、朋友間披肝瀝膽之情、感懷今古興亡又何嘗不是情？難怪到了東坡，因其性情之故，而開了豪放一派。用詞遣字方面，李清照和辛棄疾更進一步，口語、文章用句都可以入詞。

中秋有感（調寄生查子）

是秋不似秋，竟夜無風透，只有月當頭，還像兒時候。
一家三地分，短聚期難湊，月滿不堪留，留怕招人瘦。

結尾為甚説月滿不堪留？因中秋月滿，一家不能團圓，豈不令人愁而消瘦！

《生查子》一調，以傳為朱淑貞（或云歐陽修）所填的「**月上柳梢頭，人約黃昏後**」最廣為人知。此調八句，看似五古律詩，但分前後段，不強調對仗。

與妻憶舊（調寄鷓鴣天）

情竇初開一朵花，三千世界只和他，喁喁多少耳邊語，風雨依偎傘讓遮。

山頂路，海灘沙，紅繩①繫就喜成家，誰知蜜月歸來後，柴米油鹽醬醋茶②！

①月老為戀人繫紅繩。②開門七件事。

此調亦似由七律變成，只不過把第五句斷成兩截。填時應對仗得適宜。這樣讀來前後段更覺渾成。此處由戀愛到結婚恰如從璀璨歸於平淡。結句有些特色。

再寄榮治（調寄鷓鴣天）

百畝青蔥盡付君，水光山色最怡人，搖雲醉數千竿竹，乍暖閑看一圃春。

雞報曉，狗當門，書齋倒墨沒晨昏，先生早作陶朱[1]想，五嶽歸來隱小村。

①范蠡人稱陶朱公。

吳榮治是商人，置有別業名「在園」，園中景色怡人，喪偶後專心學詩寫字，頗有水準。

靜夜思（調寄臨江仙）

太息回歸將廿載，鴻溝兩地難平，奢言民主守孤城，烽煙[1]吹不斷，都是噪鴉聲。

未料耳根今夜靜，還吾一片心清，披衣乍起倚窗櫺，由他庭外竹，搖月到天明。

①電台 phone-in 節目，多反政府聲音，「烽煙」是音譯，卻貼切實情。

前段寫吵鬧，後段寫靜寂，恰成強烈對比，更能反映作者盼望耳根清靜的心情。

夜半赴急（調寄鵲橋仙）

和衣才睡，傳音又促，寂夜披霜上路，思無別繫御風馳，便過了紅燈幾度。

洗血迴魂，救心起搏。不服冥蒼定數。硬從瀕死搶人歸，要無負枯瞳餓肚。

相信讀者可體會我為救人開快車衝紅燈的心情。傳音即 BB 機，「洗血」「起搏」皆現代醫療手段，誰說舊詩已死？

宋秦觀曾填此調記七夕，其中的「**兩情若是久長時，又豈在朝朝暮暮**」，傳誦千古。我作此卻是夜半赴急診。誰說填詞多半是苦雨孤燈或偎紅倚翠？

我這《鵲橋仙》前半指接到傳呼，後半是到醫院後。「**硬從瀕死搶人歸，要無負枯瞳餓肚**」也有陸游「**當年萬里覓封侯，匹馬戍梁州**」的豪氣吧。

再步肇平韻述懷（調寄臨江仙）

救死扶生醫者責，盡心便是英雄，披星戴月雨和風，病無分貴賤，術早悟西東。

潑墨醫餘真樂也，閑來對弈鄰翁，手栽小樹已成叢，葉如新植嫩，花比舊時紅。

這小令寫看完病閑時自得其樂。詩中前後段短句的對仗是詞的點睛處。詞純寫自己胸懷，和蘇東坡的《江城子》「**老夫聊發少年狂，左牽黃，右擎蒼**」那出獵時直抒胸臆同一作法。

普林斯頓閑居，夜間接電話（調寄浪淘沙）

窗外葉添紅，綠淺黃濃；滿園秋色逗雙瞳，笑我生來閑不得，懶散無從。

半紀杏林崇，思邈①遺風；兩肩醫擔未曾鬆，電話昨宵千里喚，又得匆匆！

①唐孫思邈為名醫，人稱藥王。

以「電話」入詞，絲毫不覺突兀，「話」字與「喚」字相呼應，尤見自然。前段云「閑不得」，結句「又得匆匆」，渾然一體。

夢櫻（調寄采桑子）

無情不解櫻花美，綻既匆匆，謝又匆匆，可惜須臾遍地紅。

多情莫為櫻花痛，來自輕鬆，去也輕鬆，萬種風情一瞬中！

「須臾」和「一瞬」相呼應。

早起聞鳥有感（調寄江城子）

耳邊嚦嚦鳥兒聲。喚我醒，又天明。病榻無人，今日一身輕。
待欲招朋猶限聚，詩縱得，墨空凝。
鳥兒笑我苦營營。論濁清，比輸贏。戴月披星，一本藥師經。
七十餘年如夢過，山自綠，水長青。

讀者應可感受到我填此詞的心情。青山不老而年華已逝。

調寄卜算子，用陸游韻

一撮紫荊花，雜亂綻誰主？溫室廿年慣嬌生，從未經風雨。
既羡異鄉泥，應早移根住。只是他鄉日再紅，沃不如家土。

年輕人不滿香港，爭相移民，日後當能體會詞意。只寫紫荊花，因為洋紫荊是香港市花。

長調

詠嫦娥衛星（調寄水調歌頭）

時速萬千里，瞬息入蒼冥。驀然回瞰來處，蚯蚓小長城。人道嫦娥偷藥，又說吴剛侍酒，白兔伴孤清。訪月夢雖久，今日始能成。

繞三匝，調軌道，繼征程。愛她皎潔，窺得真相倒堪驚。玉宇瓊樓何在，唯剩死山枯海，此地不宜停。世外無居所，從此不言兵。

這長調寫祖國的成就，不用「鼓與呼」，上闋末句概括了科技成就，而後闋末句則把詞意擴深一層。這裡「賦」「比」「興」的手法都用上了。《水調歌頭》最廣為人傳誦的應是蘇東坡懷念其弟的「**明月幾時有，把酒問青天，……但願人長久，千里共嬋娟**」。那是兄弟間的祝願，我這「**世外無居所，從此不言兵**」則是為世人祈禱。詞中的「吳剛侍酒」就是從毛澤東《蝶戀花》「**我失驕陽君失柳……吳剛捧出桂花酒**」來的，而「玉宇瓊樓」也借用蘇東坡。誰說舊瓶不能裝新酒，舊體詩詞難有時代脈搏？詞都可繪寫新事物，何況詩乎？

郊遊（調寄滿庭芳）

山腳鋪黃，林梢減翠，畫圖一色清秋。異常天氣，瀑布剩涓流。幽壑聳巖斷澗，忘情處，萬籟皆收。塵囂裡，華衣對揖，怎似此時遊。

蜉蝣。生也夢。但知種杏，未羨封侯。想年年救死，少有眠休。歲月催人易老，如今是，夫復何求？君休笑，野花簪髮，不以白頭羞。

這首郊遊詞妙在結句，把前面的消極心態一掃而空。這裡「華衣對揖」是自造語，指着華麗衣服與人交往，對揖是漢朝人見面時禮儀。這四字和成語「牛衣對泣」構句相同，讀時暢順。雖是自造語，但是可解，不同於杜撰。此調平聲，讀來較平和。杜牧：「**江涵秋影雁初飛，與客攜壺上翠微，塵世難逢開口笑，菊花須插滿頭歸，但將酩酊酬佳節，不用登臨悵落暉，古往今來只如此，牛山何必獨霑衣**。」詩人情懷，古今一樣。

電視劇《孝莊皇后》觀後作（調寄聲聲慢）

年年月月秒秒分分爭爭搶搶奪奪。鐵馬金戈過後，更無休歇。誰憐帝家院落，許見面，話不能說？舊日愛，別人懷，早注定心纏結。

最是歡欣時節，馬背上，兩張臉兒親熱。不得同衾，未料相煎太烈！龍袍欲披還脫。皆因她，倩影難滅。百煉鋼，為一個情字灑血！

《聲聲慢》一調以李清照開頭連用七對疊字最出人意表。此處仿之，但開篇亦概括整頁歷史。學古詩詞要融古匯今。不要被古人嚇倒，也不能妄自托大。結句也從李詞「**怎一個愁字了得**」化出。內容是劇情，不可作正史看。

再訪「在園」（調寄滿庭芳）

翠竹搖雲，山茶綻笑，此來已是初冬。在園花草，未改昔時容。依舊山環水繞，車聲遠，滿眼青蔥。誰如我，輕裝便履，無事一身鬆。

匆匆，當真是，流光難挽，髮白成翁。甚花開花落，情淡情濃？百歲無非過客，回頭望，榮辱皆空。君知否，人間滋味，都在鴨湯中。

「在園」主以湖中游鴨烹湯款待，鮮味久不能忘。以鴨湯結尾，有點反高潮，但和楊慎的「**古今多少事，都付笑談中**」如出一轍。事可談，但滋味只能嚐，談者置身事外，嚐者身歷其中，更覺深切。人生百態，有一碗好友烹製的鮮鴨湯足矣。

登太平山（調寄桂枝香）

爐峰縱目。正老襯亭①邊，秋聲蕭肅。腳底瓊樓萬疊，彩珠千斛。人潮漲退西風裡，鏡頭前，競相停足。舊時來慣，此番重踏，也須從俗②。

屈指算，無邊感觸。念迎月山巔，弄影山麓。不識天高地厚，不擔繁縟。浮沉世道誰參透？但為他利趕名逐！韶光何價，可憐贏得，髮疏頭禿！

①太平山頂觀景台原有「老襯亭」。②從俗指如一般人到太平山必到觀景台拍照。

這調仿王荊公《金陵懷古》，用入聲，讀來更沉痛。

睡醒（調寄桂枝香）

庭階落木。帶鵲侶啼聲，醒吾眠熟。籬菊惺忪乍起，也強睜目。晨煙籠樹斜坡上，懶洋洋，倦草凝綠。鬧蜂無影，蜆蟬難覓，老天何促！

笑此刻，還貪被褥！念四十餘年，此身誰屬？但識扶危起死，秒爭分逐。今朝賦得清閑過，不為人再背包袱。賞花聽鳥，搜腸尋調，未曾愁獨！

前半寫眠熟乍醒，菊花也強睜惺忪眼，草也倦了，一片懶洋洋，所以後半開句是「還貪被褥」。「不為人再背包袱」是大白話，卻非常貼切，不礙詞調，此所謂「舊詩詞，新呼吸」也。

兩闋桂枝香，道盡作者心事。詩是心聲，際遇不同，表述各異。李商隱「**走馬蘭台類轉蓬**」，杜牧「**十年一覺揚州夢**」，陶潛「**池魚歸故淵**」，蘇軾「**小舟從此逝，江海寄餘生**」，都是詩人回顧自己的感觸。

詩的題材

很多詩人都側重寫個人際遇，孟郊得意時「**春風得意馬蹄疾，一日看盡長安花**」顧不得平仄了，杜甫「**萬里悲秋常作客，百年多病獨登台**」很工整，但是悲愴。蘇東坡的可愛就是那種豁達，雖「**揀盡寒枝不肯棲，寂寞沙洲冷**」（事實是沒得揀），卻又自覺「**也無風雨也無晴**」。寫舊體詩者偏多傳統文人的顧盼自憐，傷春悲秋，內容空洞。或是淺俗的慶賀唱酬，更無意思。我曾讀過大學者和清真詞很多次，文字雖工，卻也是賣弄而已。應制式的又幾乎千篇一律的吹捧表白。使舊體詩顯得蒼白無力。記得香港回歸時友人輯有回歸詩詞百首，盡是「合浦珠還」、「完璧歸趙」、「金甌永固」等。真是「**百調吟來若一竽**」！

詩詞題材內容分類有詠物、詠人、寫景、懷古、寫情（述懷、友情、親情）、記遊、寫事（時事、國事、天下事）、詩友酬唱等。

詠物

這類詩可以是直接描述，但更多是借詠物而言及其他。既要描繪所詠者，但能從中道出自己的襟懷或處世的哲理則更佳。

詠蛇

過草先聲奪鼠蛙，生來無足勝龜爬，
可憐北斗座前寵，誤入南方太史家。

起句指蛇的生態，第二句與龜相比，因兩者都是爬行動物，更因為他們都是道教北斗星君的伴將，沒有這傳統文化知識，不會有第三句那麼一轉，第四句指的是廣州江孔殷的太史蛇羹。這樣的詩雖非微言大義，偶一為之也不失趣味。

詠大閘蟹（調寄鷓鴣天）

生就毛毛腿一雙，醉人勝似女兒香，橫行每見拖煙視，膽固醇甘腋底藏。

身有甲，腹無腸，珠圓玉潤更悽涼，陽澄一夕秋波漲，怕見籬邊野菊黃。

以煙視媚行喻蟹如美女誘人。月圓潮漲，秋天正是持螯對菊的好時侯，大閘蟹見到菊黃焉能不怕？連膽固醇這醫學名詞都入詞了，盡是現代氣息。

詠簕杜鵑

不與梅花爭破寒，自將紅葉並花看，

燎天灼灼皆新煥，繞蕊幽幽未遠宣，

可見折枝供一室？何妨帶刺跑漫山，

他朝疫去和君說，更愛胭脂上女顏。

詠物要能盡其狀，使人讀了如眼見。簕杜鵑又俗稱三角梅，花於三至五月盛放。所謂花實為紅葉生成花狀成簇，極紅艷。「灼灼其華」故以燎天喻之，「繞蕊幽幽」指其香甚微，該花莖帶刺，如藤到處野生。詩至此花之形態已栩栩如生。結句別出心裁，因當時新冠疫症流行，女士皆戴口罩無復可見脂紅！

詠孤鷹

萬里藍天兩翼抬，樹梢嶺頂久徘徊，
凌雲盡道真瀟灑，苦為三餐獨往來。

人皆云鷹翔萬里，我看到卻是一隻鷹辛苦地來回覓食。能用別人看不到的角度寫才可有新意。回歸平常心也是另種境界。

蚯蚓

匍匐蜿蜒有跡存，誰言春夢了無痕，
腸空未怨啃泥苦，為是生來愛護根。

蚯蚓於春來時鑽泥，但多留下痕跡，以春來蚯蚓留下了鑽泥的痕跡跳到「**春夢了無痕**」的反面，為四句添了些特色。

詠殘櫻（調寄柳梢青）

映雪微醺，待妝新浴，入眼成痴，不若梅孤，更嫌桃俗，清絕誰知。

須臾綠把紅欺，斷魂處，荷鋤又遲，為是多情，竟因殘菊，醉倒東籬。

這首詠殘櫻，也是純粹詠物。一字不提櫻花，只和花形類似的相比。只是強調櫻花的悽美。「綠把紅欺」指花謝葉生，但愛花人卻被另一種耽擱了。是傳統文人情調。

詠荷

未曾濃抹更精神，過膝淤泥不礙根，
我與濂溪同一夢，愛君都是直腰人。

這裡暗用周敦頤《愛蓮說》。周敦頤字濂溪。《愛蓮說》中有「**予獨愛蓮之出淤泥而不染，濯清漣而不妖，中通外直，不蔓不枝**」，此用其意。將典故融入詩中，更省去多多筆墨，可見要把詩寫好，還是要讀書的。這種用典的詩最難譯成外文，不把典故說明，人家不懂，說明了又整體不成詩，意境全失。

詠牙籤

山珍海味不曾貪，餚盡侍筵豈是饞，
能為眾生清口齒，拾人牙慧也心甘。

偶然的作品。牙籤有甚麼可詠？「拾人牙慧」本是貶詞，但有了第三句，便能出人意表，此所謂語不驚人死不休。可見好的詠物詩需要較高遠的聯想。

時下人工智能科技發展神速，已有機械人作的詩見諸網絡。這並不奇怪，不是說「熟讀唐詩三百首，不會吟詩也會偷」嗎？輸入機械人的何止三百首詩？恐怕三十萬都不奇怪！機械人只須把些詞句重組即成。有些文人雅好集前人句不就如此嗎？機械人的詩中規中矩，只欠個性和感情。簡單說就是陳腔濫調。或許因讀書不多，我詩詞很少抄襲前人成句。舊瓶新酒，最要是能把新的事物融入詩的語言。

詠傘

日蒸雨打獨熬煎，難得閑時擱一邊，
開合何曾嗟命苦，生來有骨合撐天。

這詩和于謙《詠石灰》「**千錘萬鑿出深山，烈火焚燒若等閑，粉骨碎身渾不怕，要留清白在人間**」的寫法相似，都是藉所詠物件的特性來做比喻的，比較直白。

詠薄荷

着泥到處生，枝韌葉如藤，
消暑因涼性，入膏透藥能，
有香難作主，為味只調羹，
誰解安隨遇，不求出位爭？

薄荷生時枝葉於地面蔓延不攀高樹。雖有香，難作主，又不求出位爭，歷代文人每有以物自況。

觀紀錄片後為企鵝歎（調寄蝶戀花）

造物安排難揣測。半載天光，半載天烏黑①。是鳥偏教飛不得。終身極地南如北。
心意但知延血脈。冒雪捱風，從未哀天惻。唯望人來遲一刻。冰山留與雛鵝白。

①指兩極天氣。

詠企鵝但不詳寫其形狀。但「**是鳥偏教飛不得。終身極地南如北**」已經別無所指。主要寫企鵝生存環境。蘇軾《水龍吟》詠楊花：

「似花還似飛花，也無人惜從教墜。拋家傍路，思量卻是，無情有思。縈損柔腸，困酣嬌眼，欲開還閉。夢隨風萬里，尋郎去處，又還被，鶯呼起。

不恨此花飛盡，恨西園，落紅難綴。曉來雨過，遺蹤何在？一池萍碎。春色三分，二分塵土，一分流水。細看來不是楊花，點點是離人淚。」

寫盡楊花開謝的環境，亦不從形狀描寫，讀完也不知楊花的形狀，但特徵躍然紙上。

詠劍蘭

冷艷妖嬈別有姿，笑她幽谷倩誰移，
成叢最合供瓶插①，一朵還能慰鬢絲，
何必孤芳留自賞，且將五色贈人持，
縱然名字沾君子②，異國風情更入時。

①插：指花插，作名詞用。②傳統文人以蘭喻君子，可劍蘭不是文人所指蘭花。

孤芳何必自賞？

詠荔枝

一臉緋紅勝酒酣，滿身雪白玉漿含，
至今猶見東坡笑，何不楊妃嫁嶺南。

詩只四句，卻暗化了前人的兩首詩。一是杜牧的「**一騎紅塵妃子笑，無人知是荔枝來**」，一是蘇軾的「**日啖荔枝三百顆，不辭長作嶺南人**」，楊玉環嫁到嶺南就天天可吃荔枝，不須用快馬加急速遞了。

可見寫詩時思維要能舉一反三。SARS時我帶醫生同僚到北京交流。得空到恭親王府花園參觀，填了一闋詞，示同行時竟有人問：這有何用？我當時無言。可見急功近利者不知詩人善於觀察。觀察力不能有助於對疾病診斷嗎？

英華

屋前竹

蔽日自成陰，蕭疏未是林，
隨風搖朗月，棲鳥獻清音，
春雨催根發，秋聲度節吟，
解幽何必瘦，葉壯有冬心。

前三句純寫景。有朋友讀來本覺平平，到了後兩句，便精神煥發。後兩句發些感受，中國文人愛畫竹。鄭板橋喜畫瘦竹，金農（冬心）常把竹葉畫得很肥，沒見過二人的畫就寫不出這兩句。這便有點新意。無需一味寫「有節」、「虛心」。

園中多百合花，謝了又開

抓緊春泥未肯枯，香消莖挺不須扶，
一年爭得多回見，直是花中女丈夫。

花中女丈夫正好作總括。此處「爭」字不作古詩中的「怎」，是「爭取」的「爭」。

詠咖喱樹（調寄定風波）

濃葉垂纓子滿枝，緣來天竺此間移，植我園中生也快，難怪。
施肥拔草眷如斯。
蝶去蜂回催果熟，成簇。咖喱鮮汁味誰知。可笑鳥兒多八卦，
唉呀。輕輕一啖魄都離。

寫詩填詞不是道德文章，不必每首都求文以載道。我家院中有咖喱樹，有鳥巢。此處想像鳥兒吃果子會何感覺，饒有別趣，非死抱傳統者可為。已故啟功先生寫自己病況亦是這般手段。「八卦」是俗語，指「愛管閑事」。此調特別處在三個押仄韻的短詞，提高了整首神氣。此詞當以東坡的「**歸去，也無風雨也無晴**」最廣為人知。這裡寫得是完全不同的風格。可見旨趣不必囿於詞牌。

簕杜鵑

牆角籬邊若有思，佳人浴罷醉醺時，
何須重戶關春色，有刺誰驚輕薄兒？

此詩由「**春色滿園關不住，一枝紅杏出牆來**」得到靈感。原詩是訪友不遇見紅杏出牆，後人常以紅杏出墻喻婦人出軌，此處延伸其意，簕杜鵑花艷紅多刺，即使過牆也不怕人摘（輕薄）。

汝窯盒

隨遇竟然遇汝窯，盒身雅緻底支燒①，
還虧小件無人顧，不比官瓷眾眼挑，
存世皆言唯百件，問余怎斷是何朝，
且看雨過天青色②，說與唐英③難畫描。

①支燒是汝窯特色工藝之一。②雨過天青是汝窯釉色。③唐英是雍正特派督陶官。

汝窯器存世少，此小盒疑似。

詠人

大多是詩人對某位古人的評議。寫這類詩容易人云亦云，如沒有獨立見解則不如不寫。如寫秦檜的詩雖多，卻只有文徵明所填的《滿江紅》中那句「一**檜也何能**」一針見血，指出宋高宗趙構不願見到岳飛直搗黃龍迎回二聖而殺岳飛，並非秦檜一人能說了算！

得弘一大師遺墨感而詠

一行佛號盡包容，如見斯人李叔同，
帆架教描胴體美，茶花試染女兒紅，
欲從禪律究真意，踏破芒鞋無定蹤，
二十文章驚海內，至今桃李有遺風。

弘一出家前俗名李叔同，在日本曾反串演茶花女，回國教美術亦以裸體女模特授徒。弘一信律宗，芒鞋托缽，律戒極嚴。去國前填《金縷曲》，有句：「**二十文章驚海內**」，頗為自負。其學生如豐子愷、劉質平均有所成。

過武侯祠作

赤壁當年百萬軍，東風一夜送游魂，
心勞豈止該丞相，油盡何曾負使君，
敵眾誰能窺八陣，地偏獨自計三分，
上蒼便許多添壽，天下終難繫一人。

詠諸葛亮最膾炙人口的是杜甫的「**出師未捷身先死，長使英雄淚滿襟**」。但「**天下終難繫一人**」更有時代意識。

詠海瑞

但知上表代民音，批得龍鱗入肉深，
莫道君恩能免死，破膿正待一枝針。

末句自發機杼，不襲前人口舌。以用針放膿作比，指海瑞敢於批龍鱗指出當時積弊，有時代感。亦可能是我行醫的經驗之談吧。

詠曹雪芹

錦衣玉食也曾經，卻剩殘羹寫至情，
縱有西山留老屋，奈何脂硯不留名。

曹雪芹是貴冑，卻在潦倒時寫成《紅樓夢》。據說北京西山有曹雪芹故居。歷來研究《紅樓夢》者甚多，但脂硯齋評《石頭記》的作者卻無人知其真名。

論沈葆禎

不許長毛屢掠城，擒王豈盡為花翎？
劇憐弱國懸孤島，幸有宏謀退賊兵，
馬尾緣君開艦校，高山幾個識蕃情，
一鉤縱可明天下，獨木難支大廈傾！

沈葆禎是林則徐女婿，因擒太平天國幼天王獲賜頂戴花翎，後曾巡台灣，逼退日本兵，又經左宗棠薦接手開辦馬尾船廠。「高山句」為倒裝句指少人識得台灣高山族土著風情。如杜甫的「**香稻啄餘鸚鵡粒，碧梧棲老鳳凰枝**」。傳沈葆楨有詩句：「**一鉤已足明天下，何必清輝滿十分**」，林則徐改「必」字為「況」。這首詩類似杜甫詠武侯。前面勾勒沈的功績，末句指其獨力難支國之將傾。

詠陸游

死去未忘家國親，騎驢細雨作詩人，
梅花驛外香塵裡，都是沈園壁上痕。

這詩的特點是四句都是放翁本事。從原作化成。如「**死去原知萬事空**」，「**此身合是詩人未，細雨騎驢入劍門**」，「**驛外斷橋邊，寂寞開無主**」，「**沈園無復舊池台**」都是放翁的名句。

詠錢謙益

秦淮煙月入簾櫳，來照騷壇一代宗，
試水誰知呼水冷，可憐羞煞柳河東。

錢謙益為晚明文壇領袖，其妾柳如是，號河東君，是才女，為秦淮首艷。清兵欲破城，柳如是促錢沉水殉國，錢以手試水謂池水太冷，不敢死，乃與王鐸一起開城投降清兵。

詠歷史名人首要熟歷史，再就其人最吸引眼球的幾點着墨，詩只四句，可把錢謙益一生概括了。首句指錢得秦淮美女，第二句肯定他文壇地位，第三句寫他怕死，第四句說他不如一秦淮歌伎。中文詩的迷人處就是可以極短的篇幅寫出這麼長的故事。

詠吳偉業

換朝知是合時難，情寄玉京十指間①，

千首梅村傳幾句②？衝冠一怒為紅顏③。

①曾與女道士卞玉京相好，有詩記其彈琴。②梅村詩集。③吳梅村《圓圓曲》名句。

吳偉業寫吳三桂陳圓圓的長篇以「衝冠一怒」句最為人傳誦。我此詩中多數字，「十指」「千首」「一怒」，比對之下，更見每椿事的突出。

詠項羽

力拔山河欲縛龍，八千子弟渡江東，

既能戰後坑秦卒，何不陣前烹太公。

若論性情真赤子，未甘心術學梟雄，

鴻溝故事猶難了，留與時人弈局中。

前面論項羽的性情，此所以在楚漢相爭中他敗給劉邦。後兩句指中國象棋的楚河漢界好比是當年項劉的鴻溝。

給徐展堂

和君一席話，於我感尤深，
為是無輕諾，何曾惜萬金①，
營商知許國，交友可推心，
人在江湖裡，猶存赤子吟。

①季布千金一諾。

徐展堂為人豪爽，真赤子之心，香港商界少有。

悼梅艷芳

孤芳不逐紫紅開，冷艷終難運自裁，
破雪初香新蕊出，繞樑一曲故人來，
盡思稍後聽君唱，誰料此時哭汝哀，
天既好生何小器，硬將罕種拔回栽。

悼亡詩基本上與詠人無異，都是拿亡者較特別的幾點着筆。末句歎上天沒器量，把這罕見的花拔回天上栽，這就回應了首句的「孤芳」和第三句的「新蕊」。

論袁克文

瓊樓頂處不宜人，紈綺誰能識似君？
莫道煙花無解語，滿城春色送寒雲。

袁克文，字寒雲，是袁世凱次子，為民初四公子之首，曾有詩「**絕憐高處**

多風雨，莫到瓊樓最上層」勸其父莫做皇帝。其人風流率性，死後多青樓女子送殯。詩中「煙花」「春色」「寒雲」相互輝映，可見練字的重要。

為于鳳至歎

飽讀詩書性至淳，百般還就為夫君，
侯門縱使深如海，雨露何曾怨不勻，
無醋焉須嘲自呷，有情偏要與人分，
祇今誰識于家女，風韻唯留趙四裙。

于鳳至是張學良原配，張獨鍾情趙四小姐，卻不聞于有醋言。「**有情偏要與人分**」是何等的無奈！

懷古

大多數懷古的詩詞是遊覽古跡所發的思古幽情。不熟中國歷史則見到遺跡也不會有所感觸，沒有感觸當然寫不出好詩，只能是到此一遊的泛作。劉禹錫是懷古詩高手，寫烏衣巷：「**舊時王謝堂前燕，飛入尋常百姓家**」，膾炙人口。《西塞山懷古》寫王濬滅吳，「**千尋鐵鎖沉江底，一片降幡出石頭**」概括戰情，而「**人世幾回傷往事，山形依舊枕寒流**」則更引起多數詩人的共鳴。杜牧詠赤壁，「**折戟沉沙恨未消，自將磨洗認前朝，東風不與周郎便，銅雀春深鎖二喬**」，以廢折的兵器起句寫赤壁之戰，「沉」字既點明是水戰，又指出戰敗者的狼狽，「沙」字又回映「磨洗」，可見用字之老練，結句更別出心裁，沒有東風催火，東吳的美人都要成為曹操的俘虜。

初遊長城

嶺脊逶迤極目遙，長城未見雪花飄，
曾經起伏悲興替，依舊巍峨不動搖，
非待石墻防外侮，教由風雨認前朝，
如今古跡從頭踏，慟哭當年入九宵。

這裡想起孟姜女的故事。長城原本為防北方敵人入侵，但今時只是以舊日歷史見證提醒後人而已。

二遊長城

今日長城我又來，城頭喜見笑顏開，
巍然關外舊相識，茁壯身邊新育才，
已是敞門求所以，再難盲目說應該，
人生豈止圖溫飽，莫抱秦時烽火台。

「求所以」對「説應該」，清新而不入俗套。當時國內政策開放，不再凡事不求甚解。是次受聘為北京醫科大學客座教授。末兩句是當時期盼。

西安秦俑（調寄滿庭芳）

握劍揚戈，橫車勒馬，昂然列隊雄兵。雨侵泥蝕，不二護秦嬴。歷歷當年點將，求仙罷，怕死經營。真皇帝，人雖入土，猶要馭公卿。

英雄憑甚算，能吞六國，難保孤陵。歎驪山山底，骨白磷青。可幸同文併軌，還留得，一點聲名。難消受，千秋傑作，陶俑與長城。

參觀秦俑很難不想起秦始皇。詞不足百字已寫盡秦始皇的一生功過。用長篇古詩也可，但終不如詞的音律美。「**人雖入土，猶要馭公卿**」，「**驪山山底，骨白磷青**」最能觸動神經。

遊黃鶴樓（調寄滿庭芳）

飛瓦籠煙，雕樑鎖霧，登樓已近黃昏。楚天千里，仰首抹眉雲。遐想昔人馭鶴，朱欄外，絕唱猶存。由君是，才高太白，擲筆且停樽。

傷魂。今古事，華堂盛讌，碧野孤墳。念一聲槍響，翻轉乾坤。換代英雄俱往。憑誰記，浴血功勳？長江水，興亡閱盡，逝去若無聞。

在黃鶴樓引人幽思的故事很多，有崔灝的「**昔人已乘黃鶴去**」，李白的「**崔灝題詩在上頭**」，武昌起義等。如果純粹一建築物，很難引人遐思。

讀史

漫翻史冊話滄桑，國弱焉能民不傷，
餓虎周邊窺有隙，長城萬里禦無方，

琵琶欲撥聲先咽，纓節未還鬢已霜，
一樣晴空一樣月，胡笳吹斷漢家腸。

讀書一樣可引起思古之幽情，「琵琶」指王昭君，「纓節」指蘇武。史事從來都容易牽動詩人的神經。最後兩句用對比法，雖同一天空下，一邊是胡笳，一邊是漢家（亦暗含蔡文姬《胡笳十八拍》的典故），「笳」與「家」同音，對比更強烈。

海昏侯墓

荒郊沉睡二千年，棺槨今朝始見天，
蓋玉何曾屍不腐，堆金只有鬼來眠，
欲知身份誰人辨，還待印章自己言，
漢武功勛垂永世，子孫如此恨徒然。

海昏侯劉賀只做了二十幾天皇帝便被廢。這詩因最近考古所見，不勝欷歔。

寫景

純粹寫景的較少，各種體裁都用得上。以絕句為難，五絕最甚。二十個字要描出眼前風景，非高手不能為。唐王維「**人閑桂花落，夜靜春山空，月出驚山鳥，時鳴春澗中**」，柳宗元「**千山鳥飛絕，萬徑人蹤滅，孤舟簑笠翁，獨釣寒江雪**」，一寫靜，一寫寂，是其中表表者。好的寫景詩要令人可依詩作畫，好的畫並非純如攝影錄像，要令人有詩意的遐想，所謂詩中有畫，畫中有詩，後來傳統文人山水畫常伴有題詩，亦是此意。七絕字數較多，要容易點。李白「**日照香爐生紫煙，遙看瀑布掛前川，飛流直下三千尺，疑是銀河落九天**」寫的是氣勢。

杜甫「**兩箇黃鸝鳴翠柳，一行白鷺上青天，窗含西嶺千秋雪，門泊東吳萬里船**」，韋應物「**獨憐幽草澗邊生，上有黃鸝深樹鳴，春潮帶雨晚來急，野渡無人舟自橫**」就是一幅好構圖。楊萬里「**畢竟西湖六月中，風光不與四時同，接天蓮葉無

窮碧，映日荷花別樣紅」雖不錯，但顯得較平，遠不如他寫小池所見：「**泉眼無聲惜細流，樹陰照水愛晴柔，小荷才露尖尖角，早有蜻蜓立上頭。**」范成大「**梅子金黃杏子肥，麥花雪白菜花稀，日長籬落無人見，惟有蜻蜓蛺蝶飛**」，說是寫景，但更貼切的是農家生活，故有田園詩之稱。

長篇用以寫景操作的空間較多，常應用於寫旅遊所見。

機上

座底雲如墊，窗前雪結花，
須臾千萬里，夕照又朝霞。

相信第一次乘長途機時多會驚歎那堆堆白雲就在身下，窗的玻璃似有雪花貼着，起飛時是夜晚，到埠時已見晨曦，古人不能想像也。

過夔門峽

滾滾浪花翻舊愁，才經白帝又回頭，
夔門直是天遺鎖，不許長江暢快流。

李白望天門山「**天門中斷楚江開，碧水東流至此回，兩岸青山相對出，孤帆一片日邊來**」寫的是兩岸青山把水流改向，這詩亦略有此意，長江在夔門峽曲流急轉，所以用天上遺鎖喻之，不得暢快流亦有兩層意思，一是不能洶湧直瀉，二是有感三國劉備於白帝城的遺恨。

遊石林

底事胎生石為林，祇因滄海大浮沉，
搬來怪石盈千百，留與時人擬古今，
蓮蒂未開天有路，劍鋒曾試水無音，
勸君莫愛阿詩瑪，他日腰寬難對吟。

蓮蒂峰，劍峰池，皆石林景色。劍峰池水靜無音。全詩妙處在尾句，相信去過石林的人相信讀了也捧腹。因為要看到被喻為阿詩瑪美女的怪石，遊客須先穿過極窄的石縫！

上堯山

入懷風颯颯，回首霧濛濛。人在蓬萊境，山浮雲海中。
撫心無俗念，放眼盡青蔥。還待一枝筆，林間着點紅。

堯山下望盡是青翠，但若有萬綠叢中一點紅更有詩意。相傳宋朝畫院考試，趙佶曾以「**萬綠叢中一點紅，動人春色不須多**」為題。

陽朔記遊（銀子洞）

山水甲天下，此語說何從？
山由平地起，四環臥巒峰。

忽然山吐月，左圓右轉弓①。
天生銀子洞②，巧雕神斧窮。
洞外日和麗，洞裡雪披蓬③。
何須人造冷，自有天然風。
億年水穿石，碳酸④化玉龍。
瑤池妃子浴⑤，石乳響編鐘⑥。
情比天地久，何日可相逢？

①山有圓孔如月，左看圓右看如弓，稱為月亮山。②洞中有礦物閃亮，故稱銀子洞。③洞中鐘乳石看似壽山石雕「踏雪尋梅」。④鐘乳石由碳酸鈣形成。⑤洞中水池有女人影似妃子出浴。⑥石乳敲之有聲。

末句指鐘乳石上（英文 stalactite）、下（英文 stalagmite）須千百年方能相接。

漓江泛舟

近山列駝隊①，遠山俏朦朧。可憐老鸕鶿，徒為捕魚雄。
一口兩三隻，只益釣魚翁②。兩岸竹凝翠，萬竿煙雨濃。
水和山一色，山與水相溶。舟行山影裡，人在水雲中。
自是此間多靈氣，何必五嶽尋仙蹤？君莫笑鬚白頭已禿，
對此誰不心返童？

①桂林山矮小，看去似駱駝。②漁翁以鳥捕魚。

「**兩岸竹凝翠，萬竿煙雨濃**」，「**舟行山影裡，人在水雲中**」，漓江常景。

「在園」吟成，即席書長卷

門外黑白犬，湖畔紫紅花，秋深收水稻，春淺綻山茶，
橋下棲野鴨，艇底匿魚蝦，時將山泉水，來煮即摘瓜，

百畝青蔥地，一個主人家，主人何所好，詩書度餘暇，
邀我疏狂客，醉墨不好他①，倚窗聽風竹，倒影步月華，
信知山野處，閑適即如奢，主人摩掌笑，何不常來耶？

①不管別事。

這純寫「在園」的景，用五古，「**時將山泉水，來煮即摘瓜**」有點陶淵明的寫法。詩是五古，但和范成大的田園詩相近，說是寫景，更是寫生活。

劍橋養病

歲晚無端暖異常，康河水滿不凝霜，
未沾瑞雪泥先潤，待拂春風柳已長，
驛道難行因霧濕，棉窩早起有茶香，
朝來雨歇花開眼，問我可曾見太陽？

寫日常生活。結句花問我可曾見到出日，造語較新，淺白而不落俗套。這是我多番強調的。前人評李清照的詞常鑄生語，「**尋尋覓覓冷冷清清悽悽慘慘戚戚**」，當然是前無古人後無來者，但所謂生語，無非棄用前人的習慣用語而已。「**怕見夜間出去**」，「**怎一個愁字了得**」，就像這詩的末句，用了白話。花開眼也問有沒有太陽，在英國居住一段時期的都能體會。

劍橋河畔（調寄卜算子）

四野寂無聲，但見鷗來去。春到康橋綠柳絲，鷗逗途人語。
悄問故園春，花盡歸何處？還趁身心未老時，和我搬來住。

此調和宋王觀「**水是眼波橫，山是眉峰聚。欲問行人去那邊，眉眼盈盈處。才始送春歸，又送君歸去。若到江南趕上春，千萬和春住**」的意境相近。

在香港繁囂打拼得久，難免有些疲累。劍橋河邊特別幽靜，有此心情不奇怪。詞中的康橋是因該處兩字須平聲，且徐志摩早亦作如此譯名。

霧中（調寄滿庭芳）

谷底籠煙，峰腰鎖霧，風光似有還無。米家山水①，幾筆也成圖。看那紫荊初綻，車停處，樹欲來扶②。耳邊唱，鳥聲嚦嚦，求偶競相呼。

賢愚。憑甚斷？不崇漢武③，不羨陶朱④。唯自得，半生救死懸壺。怎奈桃源⑤路杳，難稍歇，一滌塵污！如今是，望穿雙眼，四野盡模糊。

①宋米芾父子擅水墨山水。②樹長於山坡，枝垂近路旁。③漢武帝。④范蠡號陶朱公，善經商。⑤桃花源。

前半純寫景，後半寫心，但結句又再寫霧景，不致一首詞似截成毫不相干的兩段。開頭的籠煙鎖霧以致結尾的四野模糊。

溶雪（調寄浪淘沙）

喜見雪初溶。多謝東風。催甦大地作花農。一葉一枝爭破土，鬥麗成叢。

天道演無窮。春夏秋冬。嚴寒似此早該終。冷暖人生誰不是，次第相逢？

以天氣回暖而雪溶喻人生冷暖，觸景生情。

純寫景的詩不易作，但如景中有人，或觸景生情，則容易把意境提升。如王之渙：「**黃河遠上白雲間，一片孤城萬仞山，羌笛何須怨楊柳，春風不度玉門關。**」孟浩然：「**移舟泊煙渚，日暮客愁新，野曠天低樹，江清月近人。**」李白：「**眾鳥高飛盡，孤雲獨去閑，相看兩不厭，只有敬亭山。**」是不是好很多？如知道這是李白作為釋囚後再上敬亭山之作便能體會作者的心情，則當領悟詩境之深也。

湖區漫步（調寄攤破浣溪沙）

早起環湖為踏青，山深還趁此回晴，阡陌盡頭坡轉陟，有羊聲。

何處繁囂留淨土，此間幽靜出精靈，不是同行雙膝軟，不知停。

末句是我詩詞本色。「**雙膝軟，不知停**」簡單而寫實。

劍橋初春（調寄南鄉子）

鴨唖橋墩，魚吹水面，柳梢嫩綠新裁剪。白鷗日日趁晴來，呼群起落河心轉。

岸葦纔甦，籬花早現，閑栽罕種何須辨？草坪躺看嗅泥香，一聲短笛誰家院？

這短令純寫劍橋初春的景色，但結尾是人躺在草坪上聽到笛聲，甚麼花甚麼草都不須細辨，有泥香就可以。一聲短笛更添意境。頗有晏殊小調「**無可奈何花落去，似曾相識燕歸來，小園香徑獨徘徊**」那種悠閑。

園中看花有感（調寄卜算子，用東坡韻）

牆角一堆紅，艷與朝霞並。已過清明杜宇聲，葉萎花猶挺。
花也只尋常，紅又誰人省？但欲籬邊自在開，不顧①瓶中影。

①顧盼，非照顧。

此首近蘇東坡的「**缺月掛疏桐，漏斷人初靜，時見幽人獨往來，飄緲孤鴻影。驚起卻回頭，有恨無人省。揀盡寒枝不肯棲，寂寞沙洲冷**」。東坡見飛鴻而感懷。我則見花而有寄。景雖不同，情懷相近也。

黃山觀日出（調寄滿庭芳）

岩自飛來，峰猶合掌，嶙峋怪石漫山。翠崖松老，迎客又催還。拂臉金風送爽，飄黃葉，點綴秋丹。鐘聲蕩，塵囂盡洗，到處可偷閑。

為觀朝日出，斗移雲暗，霜冷月殘。有萬頭攢動，杖履登攀。一抹紅暈橫掃，淡藍蔚，海不揚瀾。皆屏息，千瞳遠眺，都在此時間。

前半闋寫景，後半寫起早觀日出。末句不直寫日出。「**皆屏息，千瞳遠眺，都在此時間**」刻畫出當時緊張興奮的心情。

夜遊秦淮遇雨（調寄東風第一枝，步史達祖韻）

彩掛樓頭，燈輝河畔。秦淮非復舊土。尋來十八街邊，盡是騙人商戶。管弦聲裡，記不得佳人何處。但記得，一怒衝冠，為那相思縷。

追往昔，好詩妙句，念此際，盈懷憾緒。雲煙過眼繁華，金石終身伴侶。烏衣巷口，殘簷遮雨。屢沾臉，着我早些歸去。

我在《吁餘語遇集》中曾把這首詞譯成白話如下：

兩岸的牌樓都掛上彩帶，河邊給慶中秋的燈籠照得很亮。秦淮河已經不是老樣子了。當來到那以前很著名的十八街，看到的全是騙遊客的商店。耳邊雖然還有音樂，可誰也記不起昔日那秦淮八艷的住處了。不過誰都沒有忘記吳三桂衝冠一怒為紅顏的故事。想起前人曾在這地方留下很多好詩妙句，但此刻只有滿懷遺憾。昔日的繁華真如過眼雲煙，人生最重要的還是能有個情比金堅的終身伴侶。我們走到那烏衣巷的入口忽然下了毛毛雨。我們躲在那殘舊的屋簷下暫避，雨絲不停地落在我臉上，似乎催我早些回去。

寫情

有人主張詩不宜直寫，應多曲筆。我不大認同，只要感情是真的，用詞淺白更加動人。元稹的「**往日戲言身後事，今朝都到眼前來，誠知此恨人人有，貧賤夫妻百事哀**」，無一曲筆，卻動人至深。「**君問歸期未有期，巴山夜雨漲秋池，何當共剪西窗燭，卻話巴山夜雨時**」，更似一覆信，不過用詩語寫成。「**故園東望路漫漫，雙袖龍鍾淚不乾，馬上相逢無紙筆，憑君寄語報平安**」，「**洛陽親友如相問，一片冰心在玉壺**」，都是直抒感情。賀知章「**少小離家老大回，鄉音無改鬢毛催，兒童相見不相識，笑問客從何處來**」就不直說自己不認識，而從兒童口中出之。久別回鄉，難免愁緒。陸游「**老去原知萬事空，但悲不見九州同，王師北定中原日，家祭毋忘告乃翁**」，更像一遺囑，文天祥的「**辛苦遭逢起一經，干戈寥落四周星……人生自古誰無死，留取丹心照汗青**」，也是述懷的誓言。心中塊壘，

情動於中而形
於言言之為
詩也觀詩
如品味
畫含詩意
會時然也
神構

壬辰陳文巖

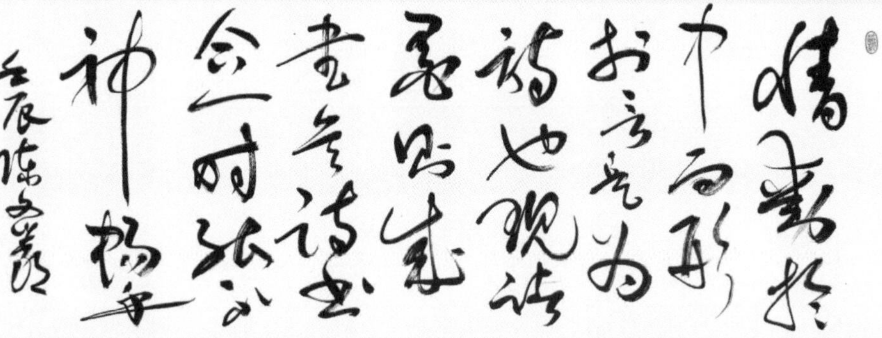

不能直澆，豈不令人抑悶。杜甫聞官兵收河南河北那歡喜若狂的心情盡見於直寫「**即從巴峽穿巫峽，便下襄陽向洛陽**」，和李白那釋囚的「**輕舟已過萬重山**」無異。蘇東坡「**夜飲東坡醒復醉。歸來仿佛三更，家童鼻息似雷鳴。敲門都不應，倚杖聽江聲……**」也是直接了當，不用曲筆。

詠情（調寄酷相思）

煩惱皆從開竅起，萬靈首，當非易。笑瀟灑誰能真個是。緣到也，無迴避，緣盡也，由他自。

多少離愁多少淚。為情困，相拖累。問情與何物堪比擬。說甜也，嚐來異，說酸也，些兒似。

說情似甜卻有些酸，過來人應有同感。這詞用字淺白，聲調跳躍，吟誦時已與小曲無異。

詠情（調寄柳梢青）

紅葉題詩，白頭吟賦，欲頓難停。折柳聲中，桃花扇底，生不離情。

願能相對如酲。愛猶酒，陳年更馨。莫笑新醅，似醇還澀，誰未曾經？

這兩首詞都是泛寫，表達對情的感受。第二首用了四個典故，「**紅葉題詩**」指戀人，「**白頭吟賦**」是婚變，「**折柳聲**」是友情，「**桃花扇**」的故事就更多角色了。當年啟老最激賞的就是「**愛猶酒，陳年更馨**」，可見他終生不續絃並非無因。

給妻（調寄青玉案，次賀方回梅雨詞韻）

多回攜手重陰路。但目送卿歸去。記否街頭猷幾度，一層燈火，十家窗戶，盡是凝眸處。

匆匆歲月催人暮。猶記當年定情句。笑問因何身肯許，「滿城蜂蝶，亂花迷絮，唯汝經風雨」。

少年情懷，誰不曾有？站在街道望着樓上窗戶不知人歸何處，那種心情不是時下年青人可體會。其實所有詩詞都是情，沒有感情絕不可能寫出好詩詞，只是依格律堆砌的文字而已。

有女藝人公開情書與男友分手，

填此調擬之（調寄蝶戀花）

到處薰人花錦簇。誘得郎心，似蝶聞香撲。試罷羅衣如棄服。當年應悔思梁祝！

月下燈前難再續。一紙情書，字字掏心哭。但願君能真幸福。妾身未怕從今獨。

這調之特點是以女方身份寫示男方，以示決絕。有點像卓文君的《白頭吟》：

「**皚如山上雪，皎若雲間月，聞君有兩意，故來相決絕……**」

此調仄聲，吟來更沉痛決絕。

讀新聞有感

天長地久五千年①，骸骨於今擁抱眠②，
為愛何須求死後③，有情最要惜生前，
臨危屢見分飛鳥，許誓空提並蒂蓮！
借問花叢迷眼處，幾人逐色不思還？

①②③歐洲出土五千餘年骸骨，二人相抱，有謂可能係殉情者，見此焉能無詩？詩中前半寫真情，後半寫虛情以對比。

古往今來最令人感動的詩詞離不了男女一情字。情可以是思慕，如崔護：「**去年今日此門中，人面桃花相映紅，人面不知何處去，桃花依舊笑東風**」；無奈，如李商隱：「**夢為遠別啼難喚，書被催成墨未濃**」，「**春心莫共花爭發，一寸相思一寸灰**」；離別相思，如聶勝瓊：「**枕邊淚共窗前雨，隔個窗兒滴到明**」；懊悔，如杜牧：「**狂風落盡深紅色，綠葉成陰子滿枝**」，等等。

個人（述懷）

寄諸詩友

知否前身本是蠶，有絲不吐怎心甘，
夜闌臥聽風吹雨①，千載豈唯一劍南②！

①放翁詩：「夜闌臥聽風吹雨，鐵馬冰河入夢來。」②放翁有《劍南集》。

用李義山「**春蠶到死絲方盡**」之意，且「絲」「詩」同音。

加州閑居偶得（調寄滿庭芳）

搔首窮經①，嘔心拯死，此生都付岐黃。泰西磨劍，十里雪花揚。莫信腎衰無藥，緣生也，接木②何妨。緣慳也，靈丹巧製，一夜九迴賜。

悽涼，猶記得，街頭輪水③，路旁偷光④。終贏得，懸壺客老他鄉。今日杏林春滿，誰和我，曲水流觴？君休笑，醫袍暫掛，雙袖墨凝香。

①白首窮經。②器官移植如移花接木。③香港曾因水荒，每四日供水。④幼時曾依街燈照明讀書。

述懷詩詞宜直抒胸臆，翻江倒海，不故作隱晦，李白「**棄我去者，昨日之日不可留。亂我心者，今日之日多煩憂……人生在世不稱意，明朝散髮弄扁舟**」即是如此。我雖亦久經磨煉，但不算不稱意。一夜九迴腸也終能醫袍暫掛。

步林峰韻，

林峰邀詩應新歲

渡歲自娛翰墨香，管他鏡裡鬢鬚霜，
欲眠怎奈呼① 須應，起死非因名可揚，

甘露②滿瓶猶恨少，素宣八尺不嫌長，
杏林路上多風景，大塊抓來又一章。

①病者呼急。②楊枝甘露。

末句源自李白「**況陽春召我以煙景，大塊假我以文章**」，常云天下文章一大抄。這句話並不盡然。漢字到底有限，組成的詞語更是如此。古往今來那麼多人寫文章，怎能完全沒有重覆字句。但抄要能化，不能似模印！此處借用李白「**大塊假我以文章**」，所以順手抓一章來。用「抓來」兩字，令「塊」字更具神韻。若改用「寫來」便黯然失色了。詩的用詞遣字很大程度決定高低雅俗之分。杏林路上亦大塊上。

述懷（調寄沁園春，步林峰韻）

四十年前，杏林途上，天圓地方。歎腎衰無藥，無分貴賤，
血貧積毒，難正陰陽！扁鵲①重生，華佗②再世，袖手唯能哭一

場。天憐見，有千金何用，命怎商量？

還虧學劍他鄉。任飛雪迎頭腳踏霜。更忙中斬蕀③，移花接木，閑時弄墨，曲水流觴。刀箭④何多，柵欄⑤不少，笑我心腸熱未涼。如今是，數鏡中疏髮，幾許滄桑！

①②古代名醫。③排除困難。

我回港推廣腎科，寫教科書，開展透析治療，創立亞洲器官移植學會，促進香港和內地交流，鼓吹捐腎等等，曾遭不少阻力和攻擊。這首詞盡訴心聲。

述懷，論書

吾書不雕琢，但隨心意行，丘壑胸中構，煙雲紙上耕，

點劃當清楚，氣欲透豎橫，鋒知出八面，墨也辨有層，

疏密能有度，韻致自然生，莫道無古貌，我貌誰能更？

狂欲追醉素①，放猶念青藤②，君不見煙嵐藏袖裡，
毫端墨瀋自翻騰，凝神忘情也，帝力於我復何能！

①懷素。②徐渭。

這是我即興以草書寫成的五古歌行，結句可清楚看到李白詩作的影響。借用《擊壤歌》「**日出而作，日入而息。鑿井而飲，耕田而食，帝力於我何有哉**」，道出當時沉醉於書寫的心情。

聖誕後兩日看花有感（調寄臨江仙）

歲暮天寒寥寂甚，耳邊少有鶯啼，摘來百合綴書齋，
為是花期短，一日看多回，
惆悵韶光駒過隙，瞬時又是春歸，花開花謝一堆泥，
夢醒頭已白，往事不堪提。

這短令寫得較深邃，「寥寂」，「花期短」，「駒過隙」，「一堆泥」，無一不透露人生無奈，花是視覺，鶯啼是聽覺。兩者皆無，更顯寥寂，花期短，人生亦短，只須一夢醒來頭髮已白，所有仕事何須重提！。詞雖短，但層層推進，李後主「**夢裡不知身是客，一晌貪歡**」有懊悔，此處只有無奈。「**花開花謝一堆泥**」，落紅是否有情？誰知道！

鄉情

對天涯遊子來説，兒時記憶總是最深刻的。鄉愁每每揮之不去，或許是中華文化的基因吧。

夢回泉州

刺桐花盡悵來遲，未改鄉音一布衣，
半世擔他生死慣，誰人償我嘯吟痴，

彈珠猶記爭龍眼，畫地常邀鬥象棋，
兒趣豈真容易得，青山莫笑白鬢眉！

泉州多刺桐花，少時來香港前曾在泉州寄居，記得庭中有龍眼樹，吃完龍眼便將果核作彈珠玩耍。

夢回鄉

六十年餘未賦歸，今宵夢裡境全非，
頂邊①何處尋三落②，老屋半間沒四圍，
猶記沙灘巡水鬼③，未忘古廟戲神龜④，
逢人問盡無相識，乍醒不知身是誰。

①村名頂邊。②屋處三落。③少時當紅領巾隊協助巡沙灘防台灣潛入「水鬼」。④漁民曾捕大龜置大廟庭中。

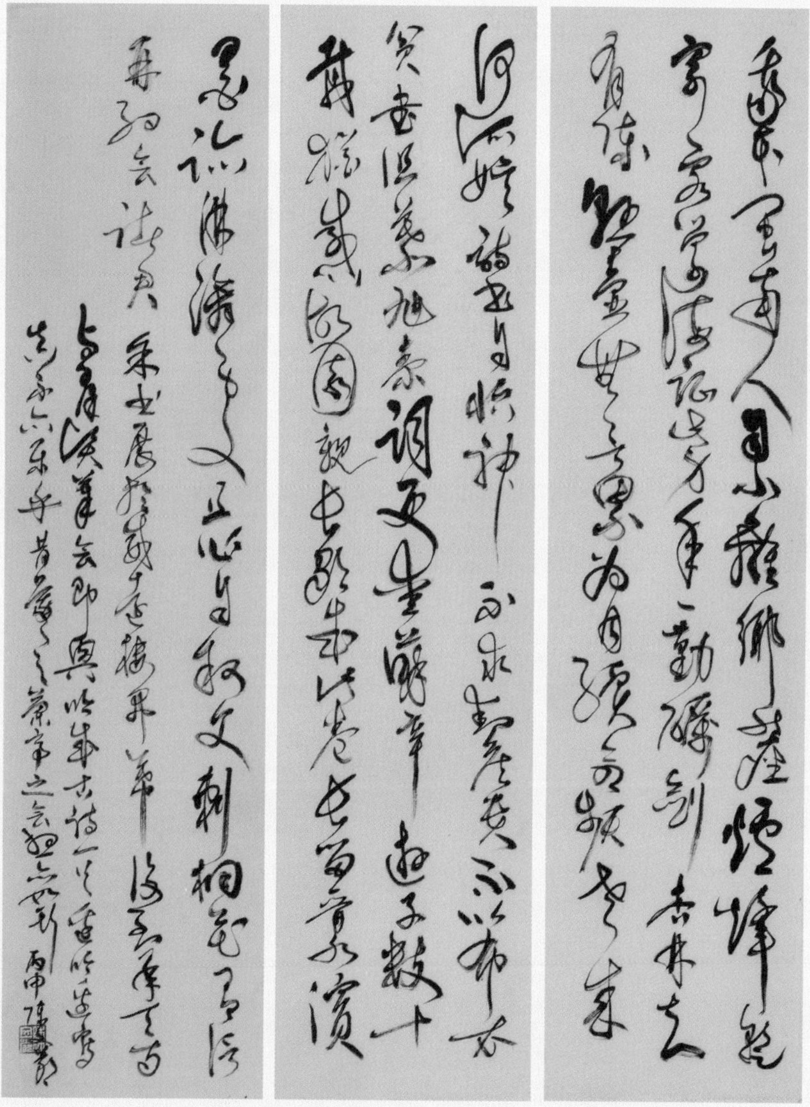

幾個遊子不思鄉？「**逢人問盡無相識**」是賀之章的意思，但末句更進一層寫乍醒朦朧連自己身份都辨不清，李後主「**夢裡不知身是客**」，我卻「**乍醒不知身是誰**」也。仿佛有其意。

加州歸來

解道近鄉情更怯，焉知去國急思歸，
縱然異域身心暢，難抵城中時局催，
七個月來愁困我，九千里外說和誰？
門前百合猶含笑，不覺人間事已非。

香港時局劇變有人是物非之感。

朋友情

懷故友紀德（調寄疏影，次宋張炎韻）

窺窗冷月，似向人泣訴，光冷愁絕。樹影搖移，驚起眠烏，風來幾度摧折！傷心最是辭君日，竟又近，登山時節。想當年，險陡相扶，此景此情難滅。

猶記英倫學劍，練心並練術，別抱高潔。欲斬藤荊，好種芝蘭，一曲杏林吹徹。飄然匹馬橫空去，果正是，孤芳難活。剩下我，午夜迴腸，遙憶滿天花雪。

「**孤芳難活**」指紀德大力批評當時醫療制度敝端，唯響應未見熱烈。有人把「**驚起眠烏**」讀成「驚起眠鳥」，顯見不懂音律，不知平仄。而且烏鴉噪起一般認為是不祥之兆。「**飄然匹馬橫空去**」是全詞的精句。紀德不合群，故曰匹馬，突然逝世是飄然橫空去也。

聞啟老仙逝

不因帝冑戀紅塵，瀟灑塵緣證此身，
名大何曾識學淺，稿新一再許情真，
昔年白髮掏心賭①，今日黃泉以淚陳，
孺子鬢霜誰肯教，痛從墨跡哭斯人。

①啟老曾戲與其妻作賭，妻逝後誓不續絃。

啟老本清皇室後裔，但為人隨和，愛提攜後輩，與我相交忘年，聞其辭世噩耗，時我在新加坡開醫學會議，感而成此。

悼黃苗子

瀟灑人間走一回，何須死後骨留灰，
欲將筆墨歌新政，未料夫妻囚隔圍①，

藝海頑貓②無所繼，秦城③破事不堪追，
幾多史實隨君沒，說古談今還與誰！

①夫婦同被囚秦城。②苗子人亦呼貓仔。③秦城監獄。

悼王世襄

幾個玩家妙似君？能從玩物傲同羣，
誰云鴿譜①無人寫，一說家私②舉世聞，
炒菜調羹皆巧手③，撫琴剪紙④伴黃昏，
休言我識先生淺，每撿錦灰⑤若斷魂。

①王老著《鴿譜》。②王為明式家具權威。③王亦擅厨藝。④王妻擅古琴和剪紙。⑤王老曾贈我其名著《錦灰堆》。

過金魚胡同念徐展堂

自是人間恨事多，春風得意又如何？
胡同重過金魚巷①，深院無聞錦鱔鍋②，
一睡焉知生即死，相交頓覺秤離砣③，
每思昔日京華會，便就新詞哭當歌。

①徐原居金魚胡同。②徐好食花錦鱔。③「秤不離砣」指過往密。

悼吳子玉

一覺傳來噩耗聞，羊城歎未早逢君，
有詩難釋簾香夢①，落筆還歸大滌魂②，
人捧人吹關底事，我行我素若孤雲，
此生八十何滋味，泰半都須和淚吞。

①吳翁有集名《夢簾香閣詞》。②石濤號大滌子。

吳子玉詩書畫印皆能，惜不合俗流。大半生經歷戰亂和政治運動，令人欷歔。

夫妻情

古詩中悼亡妻的多，元稹、蘇東坡最廣為人知。但不知為何少見寫日常生活。寫給歌伎倒有不少，甚至寫偷情如李後主《菩薩蠻》：「**花明月暗籠輕霧，今宵好向郎邊去，剗襪步香階，手提金縷鞋。畫堂南畔見，一向偎人顫，奴為出來難，教君恣意憐。**」朱慶餘：「**洞房昨夜停紅燭，待曉堂前拜舅姑，妝罷低聲問夫婿，畫眉深淺入時無？**」似寫新婚，卻是以閨意詩寄其師張籍，以新婚婦自喻。張籍也有《節婦吟》寄平盧節度使李司空：「**君知妾有夫，贈妾雙明珠，感君纏綿意，繫在紅羅襦，妾家高樓連苑起，良人執戟明光裡，知君用心如日月，事夫誓擬同生死，還君明珠雙淚垂，恨不相逢未嫁時。**」以節婦自喻明志。都是拿女子說事，難怪夫妻間的瑣事少見於詩詞。可悼亡寫得再好，終不如憐取眼前人！

別妻（調寄高陽台）

牆角鳴蛩，庭階落葉，小樓夜幕沉沉。擁別歸來，天涯兩地孤衾。夾桃樹影窺窗問，茶猶酒，卻對誰斟。要今宵，倒轉流光，舊夢追尋。

當年兩小無猜也，既未曾染色，最易交心。記否凝眸，夭紅強為伊簪。盈懷欲醉幽香滿，到此時，情怎能禁。又何妨，碎月搖花，驚起眠禽。

因兒年少入劍橋大學，妻隻身去英國照顧。這詞作於機場送別回家。正如前面提及，長調常分前後段。此處前段敍述機場別後，秋夜孤衾。後段即回憶舊時相識拍拖情景。

笑妻為打羽毛球早起

摸黑整裝未畏寒，羽球場上好騰翻，
時光倒退千餘載，不讓從軍花木蘭。

摸黑整裝未畏艱
羽球場上好儔燒
時光倒退千餘載
疑是從軍花木蘭

示妻

庚寅陳文岩書

內子先祖為明朝守廣州將領，武人後裔，用花木蘭喻之亦可謂貼切。

眼疾手術後示妻

披荊斬棘出寒門，指點杏林數十春，
地已濁清無可辨，天何賞罰未能分！
中年目壞偏挑我，半世心勞盡為人，
過路誰來扶一把？身邊幸有老釵裙。

濁清無可辨，一方面指世道，另一方面指視力。

示內（調寄揚州慢，次洪肇平韻）

竹馬青梅，女蘿①蒼柏，韶光未減痴情。記街頭苦等，聽放學鐘聲②。都為那、胭脂不染，似蓮出水，枝不斜橫。天憐見、片紙傳詩，暗許鴛盟。

踏霜披雪，四十年、攜重如輕。使劍出名爐，丹成九轉，藥到扶生。此日杏林驕種，誰能解，晦翳遮晴③！向枕邊低問，嚶嚶悔否其鳴④？

①菟絲女蘿為攀藤類附長於松柏枝幹。②寫拍拖時。③八十年代初政府對醫治末期腎衰多方設卡。④《詩經》：「嚶其鳴矣，求其友聲。」寫鳥求偶也。

借詩友的調成此闋示妻。末句用詩經寫鳥求偶，恰好套用「鳴」字。解步其韻腳之難。

偶得，給妻

我心不兩用，所愛唯一人。當年初結髮，擇鶴傲同群。
傳書憐柳毅，締緣背千斤。百難排屏障，相依不畏辛。
不羨衣羅錦，不羨戴金銀。不記情人節，不記賀生辰。
不悔同斬莿，不慚共渡貧。憐香豈唯貌，重才思更殷。

結子求碩果，灌澆倍加勤。難得枕邊伴，苦樂互訴申。
天堂何足盼，眼前人可親。三千說弱水，一瓢幸有君。
花開雖好看，攀折徒傷神。不為籬畔草，辜負好釵裙。
但思辭館去，牽手坐看雲。清風伴明月，舊夢好重溫。
聽君心底唱，「愛你有幾分？」

這首長詩構類似李白《長干行》：「**妾髮初覆額，折花門前劇，郎騎竹馬來，繞床弄青梅……**」結尾用一句流行曲語，別開生面。

元宵，給妻

管甚色香五味全，來撐枱腳一心專，
交杯舉箸爭先讓，夜夜人間是上元。

港俚語「撐枱腳」指兩人一起，旁無別者。我詩一特色是俚語方言外語均可入詩。香港中文大學前教授王晉光曾有專論，但亦有學者大不以為然。各花入各眼，讀者相信自有論斷。

給內

脫下紅裝換傭裝，庭中掃葉瘞花忙，
書齋拭得几窗淨，纖筆拈來寫紫黃。

香港很多中產家庭都有傭人，我家獨沒有，妻子是「一腳踢」，但她也學畫，「紫黃」是「魏紫」「姚黃」，牡丹極品。

父子情

我讀書少，只記得放翁「**家祭毋忘告乃翁**」和蘇東坡為兒祝願的「**無災無難到公卿**」。我寫父子情的詩詞倒是不少。詩是情感表達的藝術語言，但不知為何少見於古典詩作。英文詩我亦讀過 Ruyard Kipling 的示兒詩。

赴美會兒，機上作（調寄八聲甘州）

一堆堆往事眼前來，瞬時理難清！念牆邊球拍，箱中玩具，几上棋枰，異國牽腸掛肚，欲見只聞聲，待喚歸來也，怕負聰明。記得康河①擊槳，自逗鷗呼鴨，笑摘魁星，更越洋飛渡，雪地闖孤鷹，到如今，師朋翹指，羨天才，爭說最年輕②。誰知我，在雲端趕，是甚心情？

①在英國劍橋。②兒曾為劍橋最年輕院士。

牆邊球拍，箱中玩具，几上棋枰皆尋常物件，卻很少見於舊體詩詞。「**欲見只聞聲**」，因當時電話尚未有視頻。

豬年，偷假赴美會兒（調寄八聲甘州）

又迢迢千里渡重洋，日夜不停飛。正迎豬送狗①，徒嗟白髮，

未了相思。怎料蟾宮折桂②，竟驛旅長羈！唯有傳音囑，加飯添衣。

問句天才何益？歎花開陌上，人卻遲遲③。但寒來暑往，四季卜歸期。倩誰憐？羔羊跪乳④，舐犢牛⑤，情切愛猶痴。寧如我，敞懷相擁，淚已偷垂？

①正值換年。②會試成績第一。③五代錢越王有信致其妻：陌上花開，可緩緩歸矣。④羔羊跪地喫母乳。⑤牛以舌舐其幼。

這詞用「蟾宮折桂」「陌上花開」兩個典故，但均非僻典，羊跪乳、牛舐犢更是人人皆知的生物常識。

思兒，機上作（調寄沁園春）

四十年前，炭火圍爐，雪雨蔽窗。正欣欣換歲，魁星入夢，呱呱落地，賜我麟祥。朝夕無分，暖涼一樣，尿濕腸空便喊娘。天憐見，屢蒸魚拆骨，淘米成漿。

但知插柳栽秧。管甚是天才甚智商？自康橋折桂，不輸夷種；美洲論劍，盡顯鋒芒。量子圈中，科研峰頂，一日都須競短長。如今是，怕相思千里，雲水茫茫。

上面三首長詞都是不同時間赴美機上作。父子之情一樣，但用詞遣字有差別。讀者可自己體會。這首詞中「**尿濕腸空便喊娘**」，「**蒸魚拆骨，淘米成漿**」寫母子情如見實況，恐亦非《花間集》、《漱玉詞》可見。藝術離不開生活也。「**蒸魚拆骨，淘米成漿**」不但道出為人母的無微不至，把瑣事寫成淺白的詩語。須有點悟性。

訪兒（調寄浪淘沙）

為怕中秋懸玉兔，天涯誰共嬋娟。此來相聚兩三天。留知留不住，纏得就該纏。

有子如斯皆羨我，弱冠已望峰巔。要從學海領航先。老牛思舐犢，萬里肚腸牽。

十個字「**留知留不住，纏得就該纏**」寫盡父子相隔的無奈。

中秋思兒（調寄臨江仙）

窗外透簾搖竹影，中秋月色溶溶。眼前仿佛舊時同。為兒親點燭，戰戰手遮風。

雲海如今千里隔，一年聚別匆匆。貼心玩具未全封。應知書案角，還掛兔燈籠。

我自己最喜歡「**戰戰手遮風**」「**猶掛兔燈籠**」兩句，勾起許多回憶。每逢中秋和小兒玩燈籠的情景再現眼前。詩詞作品，要如小説一樣，多從看似小事的細微處着眼，方能感人。如作泛語，雖用辭巧妙，亦只是紙板美人，讀之淡然乏味。

兒入廚奉親（調寄鷓鴣天）

縱使聲名四海揚，膝前依舊小兒郎。此來千里加州會，難得庖廚父母嚐。
煎蟹餅，煮豆羹，居然手藝不尋常，未因量子①人離地②，無負雙親教一場。

①兒專研量子力學。②港俚語：離地指與現實脫節。

寫事

詩人很難對身邊發生的事視若無睹，所以家事，國事，天下事，動人心者皆可入詩。即使外國的時事，也經常成為我的題材。清末黃遵憲「**我手寫我口**」，我奉為圭臬，黃詩題材闊，只是欠些修飾，當時有趣的現在讀來乏味。我偏重寫時事，今應超過三千首。已結集的八冊，可作過去四十年的歷史紀錄，古人有以詩記史，我則詩詞並用。寫時事如把握得不好，便成喊口號。初學者切記。

哀戴安娜王妃（調寄江城子）

蒼天底事妒芳華，遣饞鴉，逐飛霞，半霎癲狂，盛放折榴花。
血染餘香凝賽水，流不到，帝王家。

當年白馬縷金沙，俏嬌娃，璧無暇，一笑傾城，做夢也和她。
偏是郎心牽不住，吹柳絮，過籬笆。

戴妃的悲劇曾哄動一時，我亦有感因填此調。格調和蘇軾《江城子》相似，但東坡尾句，「**料得年年腸斷處，明月夜，短松岡**」的哀思和「**偏是郎心牽不住，吹柳絮，過籬笆**」寫王子偷情，王妃的無奈堪成對比。

記汪辜會談（調寄八聲甘州）

正迢迢千里會辜汪，坦然洗前仇，歎當年戰火，山河兩割，南北曹劉。掌背掌心亦肉，竟互不通郵。一水台澎隔，家恨悠悠。
都是炎黃後裔，望神州早統，莫効琉球。肯融冰啟鎖，史冊為君修。問緣何，天涯浪跡，喚未回，多次誤歸舟。爭如你，為千秋業，為子孫謀。

汪辜會談當時確曾引起很多人的遐想，因而有此作。雖寫新事，但未減詞的韻味，「**山河兩割，南北曹劉**」簡述兩岸狀況。「**掌背掌心亦肉**」以俗語入詞，尤覺貼切。是我詩詞特色。

微笑行動（調寄一剪梅）

歎句天公太不公，既賦新生，又妒清容，強將兔裂毀唇紅，笑已無從，哭也無從。

千里迢迢博愛衷，欲補大遺，還以輕鬆。一針一線聚雙瞳，成是英雄，敗亦英雄。

香港曾有醫生參加「微笑行動」回內地免費幫兒童修補兔唇。用宋人的小令寫現代醫學行動有何不可？所用的字都很淺白，但行動的要義都出來了。

九一一事件（調寄綺羅香）

大國明珠，宏都會萃，指點江山看慣。鐵鳥飛來，一霎頓成

灰炭。便算是，取義輕生，怎容得，如斯身段？歎無辜，碧落茫茫，魂歸何處未能散。

當年孤掌赴難，風自蕭蕭易水，送英雄漢。感慨如今，死士盈千逾萬。是誰把，刻骨恩仇，捲入了，瘁心偏袒？怕只怕，毀滅寰球，終由阿富汗。

美國九一一事件是世紀大事，導致美國入侵阿富汗。都說是恐怖主義暴行，很少從施襲者角度看。這闋詞不但記實，結句還有前瞻性。詞中用荊軻刺秦的典故，恐怕最能反映施襲者心態。

聞滙豐總部欲遷回香港

當年去國闖天涯①，可惜今人一念差，
根紮百年因適會，轟回三島②已非家，
也曾貸款供平叛③，未料融資遭打叉④，

道是倫敦風景好，奈何樹禿不棲鴉！

①匯豐於清朝時已到中國。②英倫三島。③曾貸款供左宗棠平回疆。④打叉即反對。

我有時詩中會用些時代語言，譬如「貸款」「融資」「打叉」雖俗，但也不是胡謅，杜撰。

為雞歎，香港雞瘟大量殺雞

也知蒸炸任人批，死去何甘作賤泥，
九族連誅無一免，生非薄命不為雞①！

①袁枚有句：「生非薄命不為花」。

末句用袁枚句，改一字。人謂天下文章一大抄，但借用的巧妙便是把既成句子換成新意。只要看香港撲殺病雞那狠勁便知「九族連誅」用得貼切，而末句更似絕命詞，似不能入詩的題材都成一妙詠。

世界杯足球
巴西大敗

球賽豈可測，萬般皆可能，
一將傷未出，全陣潰似崩，
輸贏何足論，慘績最難撐，
誰料花繡腿①，敗與苦行僧②？

①巴西球員腳法多花巧。②德國隊重紀律士氣。

此詩純記事，但用詞遣字不失五古味道。以「花繡腿」對「苦行僧」也算貼切，概括了兩隊特性。

中東難民潮有感

熊熊戰火遍中東，可憐無辜盡哀鴻，
也有乘船搶灘渡，半途飄浮影無蹤，
也有徒步跨境走，關山攀越萬千重，
僥倖入得他邦境，收耶拒耶莫一衷，
可憐今日沙灘上，半襲童衣血染紅，
大道之行唯德曼①，一國敢為天下公②，
治標不如還治本，十室緣何九室空，
但知信仰同一教，不知一教衍多宗，
有謂暴君非民主，有因私慾逞英雄，
可憐自古兵爭地，煽火長有外來風，
休言暴君治下苦，苦也無非蹇與窮，
焉如此日離鄉賤，賤矣人命不如蟲，
便能求得難民籍，從此拔根類轉蓬，

德法希臘匈牙利，茫茫前路去何從，
淚眼問天天不語，炮聲頭頂轟隆隆。

①德國。②德國倡廣收難民。

此詩寫中東難民，「**半襲童衣血染紅**」曾是雜誌封面。「**煽火長有外來風**」才是根源。筆者關心時局，國際間很多大事都曾入詩。詩中的「離鄉賤」「賤矣」「治下苦」「苦也」是種加重語氣的詩詞寫法。

台灣地溝油事件有感

奸商逐利我成因，一飯安心未可求，
質本潔來難潔去①，如今到處地溝油！

①黛玉《葬花詞》：「質本潔來還潔去，不教污淖陷渠溝。」

葬花「**質本潔來還潔去，不教污淖陷渠溝**」，不令渠溝染污，況食用油乎？

雪災（調寄綺羅香）

有票無車，有車無路，夢裡家園何處？千里冰封，曠野漫空飛絮。幾千萬，斷電催煤；幾百萬，宿風眠雨！說甚麼，趕美超英？一場春運①亂如許！

年休②翻成苦旅，如圍城走難，倒來推去。抵得飢寒，便急③可真難馭。又不是，衣錦還鄉；只求那，闔家團聚。啥時候，雪化冰溶？問天天不語！

①內地春節運輸。②民工年終休假。③大小便。

那年雪災，適逢春運，全國交通大癱瘓。相信如今完善了高鐵便不會再發生。自覺此首詞真能表達當時景況，「便急」入詞亦前無古人，但確是當時苦況。不是那以屎尿搶眼球的所謂新詩。

哭汶川地震

地殼崩裂瞬塌屋，一村盡埋鬼神哭，
前日蟾蜍急搬家①誰料地翻如此速。
砰然欲聾樑斷下，牆壁四圍倒似架，
說甚水泥紮鋼筋，豆腐渣②成疊廢瓦。
呼救未及喊出聲，欲逃有翼飛不成，
始信天威未可測，眨眼山城盡夷平。
似聞爺兒相互呼，土礫堆中肉模糊，
幾人命大能倖免，地暗天昏一片烏。
問句蒼天何太狠，不許汶川留半寸，
已是無遮又缺糧，何堪暴雨將泥混。
可憐馳援無通路，成敗猶如和天賭，
斷水斷糧能幾朝，死傷多少還待數。
古人但云蜀道難，此際蜀道行尤艱，
物資只得由空降，人唯徒步爬又攀。

天兮天兮庸且昏，不見五千年來冬復春，
治水移山古已聞，豈能一怒即折中華魂！

①地震前動物異象。②朱鎔基曾稱偷工減料工程為豆腐渣。

詳細描述地震慘況，但結句有振奮人心作用。中華文化中的故事「女媧補天」、「愚公移山」、「大禹治水」、「精衛填海」都是這種精神。

汶川女警讚（調寄鷓鴣天）

地動山搖屋塌時，槍枝放下拿楊枝①。何堪黃口無娘哺，解鈕人前寬襯衣。
初產乳，別家兒，孤嬰餵飽返家遲。入門聽得親生哭，痛在娘心知不知！

①觀世音有瓶盛楊枝甘露。

汶川地震，八方來援。可歌頌的很多。這裡寫「**初產乳，別家兒**」，不必喊口號自可見該女警的偉大。從細微處着筆，更可感人。

哀希臘（調寄滿庭芳）

僻島幽灣，白沙清水，萬里澄碧無煙。袒身閑臥，杯酒自悠然。管甚工夫未畢，人人是，快活神仙。何妨醉，官家允我，先使未來錢！

寃寃。誰曉得，風流過慣，借債須還。卻倡議公投。亂搞胡纏。歎句文明古國，水乾矣①，度日如年！君知否，蘇賢柏哲②，怕也哭今天！

①港人以水喻錢。②蘇格拉底，柏拉圖，古希臘哲人。

「**萬里澄碧無煙，袒身閑臥**」，「**先使未來錢**」是希臘實況。

釣魚島近又紛擾

世界今時盼大同，奈何東海又興風，
留唐已忘天王遣①，為美甘當卒子衝，
掠土未成非劍短，降旗才下又心雄，
龍宮是否安居處，還在倭酋一念中。

①日本天皇曾遣使留唐朝學習中國文化。

熟悉中國現代史的當有同感。如中日有戰事，海龍王肯定不能安居。

下機，路上有感港事（調寄八聲甘州）

對淒淒一片白濛濛，隱約見高樓。怕耳邊依舊，滔滔政論，爭吵無休。只笑未乾乳臭，拜將又稱酋。不問追隨者，背後誰謀。
只是夜郎心態①，甚香江民族②，說也堪羞。看歐洲諸國，處

處使人愁。可憐那，飄洋過海，到此時，恨不早回流。應知足，
當今天下，淨土難求！

①夜郎自大。②香港有大學學生報刊有港人民族論。

全詞寫時事卻節奏鏗然，可作舊瓶新酒範例。舊體寫時事容易變成議論文，須特別留神。

英國脫歐

醒來盡是脫歐聲，我亦茫然歎大英，
但管廟堂爭迭迭，誰憐升斗役營營，
應知人以離鄉賤，休信途從投票明，
一決已成千載恨，禍留壁壘誤年青！

「家事，國事，天下事，事事關心」。現代人的天下已不局限於中國了。

哀地產霸權

信是香江不易居，尺金買得半邊廚①，
可知地產經天②網，五十年來無漏魚！

①廚房。②經天緯地。

廚，網，魚，都可聯繫上。所以不說半間廳，半間房。全詩是指出無漏網之魚。魚和廚房容易想到一起。

見援武漢抗疫女醫護去髮

緣何一剪了青絲，不入空門只為醫，
救急攻關爭一瞬，豈容病毒染征衣。

女護剃光頭為減少病毒傳播機會。青春少艾肯毅然為人去髮是何等胸襟！

擬遠赴武漢抗疫醫護（調寄醉花陰，步李清照韻）

罩口圍身消永晝，瘟疫兇如獸！誰料過新年，九省通衢，今夜風難透。

他朝霧散霾清後，笑拂衣襟袖。管甚陌生人，風月同天，莫道為他瘦。

這首醉花陰，步李清照韻，她是「**瑞腦消金獸**」，一派悠閑。這裡是「**瘟疫兇如獸**」！易安居士有暗香盈袖，這首寫的是抗疫醫護笑拂衣襟袖。末句「**風月同天**」出自盛唐日本人長屋的詩《繡袈裟衣緣》：「**山川異域，風月同天，寄諸佛子，共結來緣。**」亦見於日本援助武漢抗疫的物資包上。易安居士「**人比黃花瘦**」是個人情思。這裡寫抗疫者不管是為陌生人消瘦，都不會有怨言，是不是更高境界？

紐約新冠疫情有感

新冠肺炎何其惡，四海五洲漫播毒，

荊楚無辜當其鋒，病菌無眼不分族。
君不見紐約長街日夜哭，悽慘人間刺人目，
也有夫妻死別離，也有父子死同屋，
起病奈何不得醫，入院醫時氣已促，
死時床前無一人，葬時猶念親骨肉，
往昔葬前奠靈堂，而今葬如填溝壑，
君不見街上通宵不滅燈，恍如修羅殿上燭，
可憐措手不及防，大都亂成一鍋粥，
更憐美酋尚獨裁，醫護物資備不足，
紐約八百餘萬人，死難迄今近萬六，
香江七百餘萬人，死才四人豈真只緣天賜福。
不是蒼天真不仁，人禍終歸自己贖。

此七言歌行採用入聲韻腳，讀來更覺沉痛。尤其是「**街上通宵不滅燈，恍如修羅殿上燭**」更是觸目驚心。「亂成一鍋粥」亦是俚語。

武漢解封

連月新冠虐，江城暗且昏，病已無方治，死難擇時焚，
封城行霹靂，禁足為防瘟，舉國如臨戰，戰苦敵難分，
殷勤無日夜，大愛白衣裙，高樓傳鶴唳，楚澤葬英魂，
櫻花落如雨，遍地濕紅唇，炎黃筋骨健，歷劫志猶存，
紅棉開料峭，紫荊綻早春，庭前喜鵲唱，佳訊千里聞，
荊楚戰事了，今晨可出門！

詩中提到櫻花，因武漢有大片櫻花，亦因欲襯出紅棉和紫荊，用對比法。

宅家避疫

日日宅家心已枯，無聊唯有墨能娛，
短篇吟就揮毫潑，長卷展開隨意塗，

有事出門皆罩口，逢人對面不招呼，
茶餘飯後如何過，都付案頭未讀書。

純寫疫情時實況。

傳統上多把詞風分為「豪放」和「婉約」兩派。以婉約為正宗。我的詞豪放、婉約都有，視乎當時心情而已。歷代詞人都偶有寫時事，但卻少見似我那樣大量述史記事，這又該歸入何派？

詩詞作品若只是風花雪月，傷春悲秋，文字再好，終流於纖巧蒼白，但如一切為政治服務，便成大字報式的口號。人無完人，金無足亦，怎可苛求國家能算無遺策？國家成就當然值得歌頌，但不足之處豈能無視？我詩只就事論事，希望不會引起「**清風不識字，何必亂翻書**」的爭議。詩的本質是抒發個人情感，不必首首都是「文以載道」。適合文以載道的文體是議論文，不是詩。有感於國家的成就即歌之，見社會亂象則諷之，切勿淪為口號。文以載道的韓愈困境時不也吟出「**雲橫秦嶺家何在**」和「**好收吾骨瘴江邊**」嗎？

抗戰勝利七十年有感

道歉欠兩字，罪責未肯擔，緣何難啟齒，只為心不甘，
當年蛇吞象，不逮因太貪，軍國魂未死，神社屢拜參，
鐵蹄兵刀下，十室不留三，侵略等進駐，無稽混一談，
可憐慰安婦，不許整衣衫，東海滔天浪，兀然出巉岩，
小小釣魚島，竟欲霸探勘，一島猶未已，劍又指東南，
安倍昭天下，賊語狂喃喃，出洋為自衛，誑言不覺慚，
但願天下醒，莫再醉夢酣，同把戰雲掃，萬里復天藍！

日本從未為侵略中國正式道歉，「**一島猶未已，劍又指東南**」道出日本軍國主義者野心。

六十年國慶有感

六十年來冬復春，惱人運動轉如輪，
砸鍋煉鐵愚誇進，覆地翻天革曰文①，

鎖國終知無出路，為民還幸敢開門，
問君此日緣何慶，喜見中華拾自尊。

①「文革」，亦時代詞。

國慶煙花

銀花劃夜美難書，教我仰天久歎吁，
猶記焚煙①驚失土，直如割肉待烹豬，
高談每每為民富，躍進②匆匆舉國輸，
六十六年回首算，走來無路不崎嶇。

①林則徐燒鴉片。②大躍進。

新中國建國以來走了很多彎路，可幸是終有成就。

辛丑初二偶感

十億人心繩一條，挺腰何用懇他饒，
崇山曠野通高鐵，絕谷斷崖架大橋，
建國初為三頓苦，脫貧還敢兩肩挑，
嫦娥今日應無悔，銀漢歸來咫尺遙。

寫建設成就，「三頓苦」、「兩肩挑」尤見貼切。

中共建黨百年

風雲激蕩起南湖，世界方驚從此殊，
今日摘星猶可得，當年飽腹甚都無，
挺胸人已稱強國，指鼻誰還笑病夫，
百載滄桑行大道，我為祖國大聲呼。

上述寫國事，可見呼口號嗎？中共第一屆代表大會在南湖舉行。無論政見如何，都不能不承認「今日摘星，當年飽腹」一聯寫的事實。行大道指「大道之行也，天下為公」。

旅遊詩

自南北朝起，山水詩即自成一幟。古時文人失意時多縱情山水，東晉謝靈運即是一例。寫山水詩寫的是風景、人情，對所見能有個人深刻的觸動，如是名勝古跡，則更會引起懷古之情。好作品能使讀者感同身受。現代交通發達，遊客不是失意文人。歐陽修所謂「詩窮而後工」，並非是貧窮之意，而是詩人不順心時更容易有佳作。現代人旅遊是吃喝玩樂，作品多淪為「到此一遊」那膚淺的寫法。要寫得好就須從所見作更深層次的探討。

謁中山陵

泉下孫公知不知，綠衰藍盛①盼何時，
山河一統遙無日，海峽三通近有期，

北顧猶驚行歧路，南遷復念出同枝，
延平②去後施琅③繼，毋抱能歸不怕遲。

①國民黨稱藍營，民進黨為綠營。②鄭成功為延平郡王。③康熙時平台名將。

旅遊不一定寫景，有時因特定的地點更會觸動感慨而側重寫情。

泉州「花橋公」廟

義診偏方久不衰，寒鴉古廟獨徘徊，
雖能妙手清痌瘝，畢竟真人亦凡胎，
峭壁捐軀因藥草①，花橋受祀上神台，
古今中外無分壤，醫者都為續命來。

①真人因採藥失足喪生。

花橋公廟小而舊，值得吟詠的是所祀者北宋泉州名醫吳本。結句見醫者本色。

寒山寺

紙上傳千載，寒山夜半聲，古今羈旅客，天地寂寥情，
月落隨風逝，烏啼入夢縈，一人敲一下，已是不堪聽。

唐張繼：「**月落烏啼霜滿天，江楓漁火對愁眠，姑蘇城外寒山寺，夜半鐘聲到客船。**」令寒山寺馳名於世。可惜如今為了創收，給遊客敲鐘收錢，所以有結尾兩句。

嵩山鐵人

秦收天下鐵，宋造鎮山兵，刀劍雖離體，風霜未蝕形，
千年容易過，一劫也難經，心本鐵漿鑄，聞鑼悸不停。

大躍進的砸鍋煉鋼，運動時大鑼大鼓。使這嵩山鐵人一聽到鑼聲心便慌亂。這是曲筆，但沒減少對那盲目運動的批評。不關心國事豈能作此想？

遊武夷

連綿武夷山，彎彎水九曲。嫵媚盡天然，畢生看不足。我來只兩朝，琳琅拾滿目。晨霧合還開，暮雨收旋復。流無三峽洶，溪比灕江綠。蒼蒼岩畔茶，鬱鬱河邊竹。玉女慕大王，佳期早已卜。苦無鵲為橋，倒影慰相屬。水井歌柳詞，鵝湖辯朱陸。為因山水妍，詩文世代續。天許如此好風光，身為閩人三生福。

風景和人文並提。水井與鵝湖，市廛與學堂並存。

入張家界（調寄八聲甘州）

正中秋天氣晚涼時，雨停桂香飄。入張家界裡，金鞭溪畔，盡洗塵囂。遙見拈花玉女，微笑向人招。峰頂盈千載，誰與傾聊？

一霎雲來霧去，展山居圖卷，重染輕描。又風聲颯颯，伸手接凌霄。且由他，腰酸腿軟；不須扶，斷澗過危橋。回頭處，蒼松鬱鬱，翠竹蕭蕭。

這首純寫景。結句寫過橋回望，餘韻未了。

猶他地質公園遊後（調寄千秋歲引）

壁拱浮雕，崖沿巧鑿，入目嶙峋是誰擱？梁懸石林連似斷，岩翻鐵，土焙又灼①！外星人，信曾到，此間着。

平地風沙鴉起落，爭說拓疆征戰惡，無奈遊人早忘却！山川但知今日好，陳年莫管誰經略。歎先民②，趕瀕絕，天何虐！

①山岩都含鐵，色暗紅。②美國西部印地安原住民。

這詞寫美國西部猶他州所見。結句「**天何虐**」雖沒有直斥美人開拓西部時的野蠻，卻也是責怪上天之不公。旅遊詩常帶有思古之幽情。遊赤壁如果不知有赤壁之戰和沒讀過蘇東坡前後赤壁賦就會覺得不過是江邊斷崖，有甚麼好寫？可見寫舊體也必有點傳統文化涵養。同樣道理，寫異國風情如沒有歷史內涵也會覺膚淺無味。

猶他（Utah）州
國立自然生態公園遊後

巧鑿豈因人手工。誰能千仞展奇雄？
無邊峭壁磨還削，似倒天梯蔽又通，
疑是老君①爐裡炭，翻成盤古②石堆紅，
流霞抹過山燃火③，思借芭蕉扇大風④，

①太上老君。②盤古開天。③喻火焰山。④《西遊記》鐵扇公主故事。

末四句以中國傳說寫異國風景。借西遊記孫悟空欲借鐵扇煽熄火焰山故事，別出心裁。清黃遵憲也寫很多異國所見，但用詞稍嫌粗糙，讀不出詩意來。

遊亨氏莊園①（調寄沁園春）

百畝莊園，鬱鬱蔥蔥，春已盈盈。又天高雲淡，最宜覽勝，草香氣爽，能不忘形！透白暈紅，凝黃泛紫，碗大茶花笑臉迎。耳邊問，一生誰過百，底事營營？

當年叱吒都城②，到今日猶傳身後名。有流芳③造景，園依蘇則④，參禪悟道，影縮東瀛⑤。漠漠沙洲，回頭驚見，蘆薈招人爭吐英，輕聲說：且開懷盡暢，千里來朋。

①亨氏莊園，Huntington Gardens，是美國加州 Pasadena 著名景點。②亨氏為紐約巨富。③莊園中有流芳園。④流芳園依蘇州園林設計。⑤園中另闢日本花園。

末句意出自「**有朋自遠方來，不亦樂乎。**」

蘿崗尋梅

百畝瓊枝誰剪裁，西湖①信未此般栽，
山風颯颯穿林響，香雪飄飄落地來，
還許孤清留傲骨，何堪俗履瀆仙胎，
白花謝盡紅花發②，畢竟人間是戲台。

①宋林和靖居西湖，梅妻鶴子。②白梅花比紅梅先開。

前半純寫梅，時白梅已謝盡而紅梅綻發，借此發出世間人事輪換的感慨。

西安所見

帝脈①而今何以驕？拼將車駕扮前朝，
兩行盔甲開城出，一片旌旗迎客飄，
到處爭攀秦俑發②，逢人只向孔方③招，

誰憐不見長亭柳，依舊婆娑拂灞橋④。

①西安為古時多代都城。②發財。③孔方即是錢，因古銅錢中間有方孔。④灞橋出西安城。

寫西安招攬遊客一切向錢看，已了無古意。

英國湖區騎馬

我亦老來似頑童，學人騎馬走山中，
一隊緩行分先後，大馬領前小馬從，
一行一步一辛苦，才到山頭喘氣濃，
回首山下湖光好，昂然策馬立西風，
忽聞胯下馬兒歎，長嘶淒然訴苦衷，
此生無緣馱大將，老死孤村娛稚蒙！

在旅遊區騎馬是時下常見節目，此詩寫旅遊不詳述騎馬之樂，卻從騎下老馬着墨，便是道人之未見。

回泉州書法展所作

兒時足跡沒青苔，問我因何久不來，
十里長街新景氣，滿城春色舊樓台，
如飛歲月催顏老，未落桐花對客開，
弄墨豈唯張二水，晉江自古出人才。

明朝大書法家張瑞圖（二水）是泉州人。

劍橋（調寄浪淘沙）

往事不如煙，七百餘年。垂楊古柏小橋邊。石卵柔茵桑樹老，詩客曾眠。

好夢待人編，溯本追源。科研時見最高巔。為甚風流長此住？問也徒然！

這調妙在後兩句，要問劍橋為甚麼出人才，恐怕答案非那麼簡單。詩客指拜倫，溯本追源指達爾文。

遊長白山天池

昨夜沿途兩綿綿，今晨喜見艷陽天，
長白山知憐我苦，故讓天池會有緣。
天池本是女兒家，一泓凝碧潔無瑕，
上蒼特許詩人見，撥去濃霧揭面紗。
杳無舟楫萬籟收，雲飛雲散自悠悠，
此境不應人間有，莫非盤古開天留。
天見淺藍水蔚青，池面恍如玉鏡平，
當年王母釀瓊液，此間取水未曾停。

三江水發一源輸①，竟然終年盈不虛②，
若問此水來何處，應是東海通有渠。
山下人驚炎日煎，山頂客呼再加綿，
長白山深氣候變，不合凡人只合仙。
萬千寵愛集天池，百難一見醉如痴，
今猶聖女不可即，再來但祈不見傅粉塗胭脂！

①松花江、鴨綠江、圖們江均大池出。②天池長年水位不降。

長篇易寫難收。此篇幾次換韻，純寫景。類似李白《夢遊天姥吟留別》。讀者或可假設如由自己結尾會怎寫，再和我比較一下或會有所體會。李白用「**安能摧眉折腰事權貴，使我不得開心顏**」是直寫。這裡「**不見傅粉塗胭脂**」較為含蓄，即沒有人為污染和不見那為促進旅遊的新建仿古物。亦可算收尾有別一般了。試設想一下，天池潔淨如仙女，傅粉塗胭脂不就大煞風景嘛。

夜遊西湖

一泓秋水夢重溫，管甚胭脂勻不勻，
梳罷斜暉才入睡，縱無煙雨也銷魂，
雲間月失羞難睹，水面風生息可聞，
今夜西湖歸你我，莫留半杓別人分。

這裡順便再一提用典。有些文人學富五車卻愛拋書包，詩中常用典故，而且是僻典，不加注釋很難明白。這種詩有甚麼意思？中文詩一般篇幅短，絕句尤然，能善用典故便省了很多文字而多了想像空間。但前提是最好用些家傳戶曉的典故。這詩中第二句就從東坡的「**淡粧濃抹總相宜**」。因是夜遊，淡粧濃抹都看不清了。斜陽穿柳如西子梳她的長髮，而遊船隨湖面波浪起伏又像西子的胸脯起伏。也許這幾句機械人寫得出，可是結尾兩句只能是我的手筆。

三遊長城

千級石墻只等閑，長城此日又登攀，

人云昨夜曾催雪，我怎如今不覺寒？
腳底雲山招可枕，鬢邊霧水濕還乾，
何須比說英雄漢，自古英雄一瞬間。

毛澤東一句「**不到長城非好漢**」，有大丈夫氣魄。我一介布衣當不成英雄，即使當了又能怎樣？有了個人感受，記遊的詩境便高一層次。

遊掛甲峪

鬱翠逶迤脊入雲，時人爭說舊軍屯，
眼前千畝栽桃地，身後六郎①掛甲村，
繞谷風迴香欲醉，穿林步緩頰微醺，
仙翁許我龜蛇壽，對奕他年約老君②。

①楊六郎。②太上老君。

這是我在北京第二次書法展後隨友人到掛甲峪嚐桃所作。純記遊。

再遊西湖，步許灼動韻

但見霓光不見樓，夜遊何處辨蘋洲，
桂香直欲薰人醉，山色還知為我留，
忽地船停魚跳水，須臾雲散月盈丘，
此時又盼瀟瀟雨，半濕柳絲半濕頭。

意趣全在後兩句，是情侶拍拖時常見之景。

酬唱詩

詩人有共好，詩詞酬唱在所難免。有時更會原韻奉和。步韻則更進一步，每個韻腳都按原詩句中位置。「**君問歸期未有期，巴山夜雨漲秋池，何當共剪西窗燭，卻話巴山夜雨時**」，「**千里黃雲白日曛，北風吹雁雪紛紛，莫愁前路無知己，天下誰人不識君**」，「**渭城朝雨浥輕塵，客舍青青柳色新，勸君更進一杯酒，西出陽關無故人**」，「**洛陽親友如相問，一片冰心在玉壺**」，杜甫懷李白「**涼風起天末，君子意如何**」，都是傳誦千古朋友間互問的詩句，盡見君子之交。至於那些祝壽之類的庸作就不值一提。這種「應制」，我只偶而為之。

給戈革

科史譯編太冷門，未能創匯怎能尊，
任君寫遍洛陽紙，一梱秤來值幾文？

洛陽紙貴形容作品暢銷，可惜戈革譯作一梱也不值幾個錢。

達安輝教授任滿送

達者為師今古同，安能煮酒定英雄，
輝煌此日園中果，教誨當年耳畔鐘，
授我藝深征痌疾，任他池淺出蛟龍，
滿逾卅載酬何價，送別依依兩袖風。

此作不亢不卑，寫達教授亦寫我輩學生，「耳畔鐘」寫達教授，「園中果」寫我輩，「池淺」寫達教授的部門，「蛟龍」寫我輩，「兩袖風」寫達師高風亮節，「藝深」寫我輩，這就與起首兩句相銜接，蓋學無先後也。律詩用鶴頂格終是難事。

晤史樹青歸來作寄

鑑古由來能證史，歷年建樹未曾停，
窮追番域歸碑拓，博引蔡侯釋鼎銘，
人豈生來皆慧眼，君因學到獨標青，
何堪髮白無言倦，為我新詞側耳聽。

「標青」是港俚語，謂出眾。史樹青曾以釋蔡侯鼎銘文受同行敬佩。

給徐立之

徐來報雨風，立放百花紅，
之子歸名圃，長為植樹農。

徐從加拿大回來做香港大學校長。

給葉嘉瑩，人間詞話講座後

人間底事分三境，一語聽君釋我迷，
能與前賢通彼此，頓教後學悟中西，
但看室滿無虛席，應悔荷殘不早歸，
小令南唐吟未了，耳邊仿佛是鶯啼。

葉嘉瑩有詞寫歸國時只見殘荷，講完課即時吟誦示範。

讀洪肇平詠合歡花詩

欲就花容寫合歡，奈何眼拙未曾觀，
曉教風雅情長繫，豈會騷嬈樣一般，
無數鴛盟空畫押，幾多海誓兩遮瞞，
人間竟有真顏色，緣到還須仔細看。

我未見花，只以合歡兩字浮想。

給榮治，笑其染髮引致皮膚炎

人生難過百，鬚髮皆記年，歲月鑄頭額，風霜綴鬢邊，
路途多險阻，過得便成仙，回首來時路，鼓勇仍向前，
夕陽縱然短，莫負晚晴天，髮白何須染，當如四皓①賢。

①漢初商山四皓皆有學問老者。

見友人染髮致皮膚炎亦可成詩，可見詩的題材無處不在。但沒有商山四皓便難結尾！

賀黃君賁壽

管甚鬥茶要幾錢，一壺普洱潤心田，
窺毫①每見窗前月，快意還呈紙上煙，
名畫得來常撿漏②，古詩寫罷好酣眠，
人云書者多長壽，我與先生期百年。

①毛筆，指月亮窺看黃先牛作畫。②撿漏：因別人走眼撿了便宜。

黃君實好普洱茶，擅書法，精鑒定古書畫。

次韻覆龐師母

陳年普洱味甘醇，白露①最宜配黑豚，

莫笑粗蔬能飽我，早知精食不如君，

隨時有句供研墨，幾個行醫識弄文，

廿四小時嫌不夠，一身還得作三分。

①白松露。

龐師母精食，以陳年普洱、白松露菌為例。最後兩句指自己既行醫，又寫詩，好書法。

給禮賢，約飲茶卻遲到

才欲推門出，又有病人來，與君先有約，奈何病堪哀，
人已丟一腎，脊傷更難裁，為他擔生死，焉能不急哉，
心縱能兩用，身苦難分開，也知佇候久，乞罪向兄台。

清代顧貞觀給其發配寧古塔的朋友吳漢槎《金縷曲》：「**季子平安否？便歸來，平生萬事，哪堪回首？行路悠悠誰慰藉？母老家貧子幼……**」以信入詞。這五言則如以詩代札。

給董橋

何處玉人倚鳳簫，西風老柳古溪橋，
不從姹紫千株發，來報秋聲一葉飄，
筆底蒼茫愁有韻，心中淡適雅無聊，
新書寫罷誰先睹，還就剔紅夢二喬。

頭六句寫董橋文章風格。「雅無聊」指好收藏小件文房古玩。其中一件是刻二喬像的剔紅漆盒。

金縷曲，憶東坡赤壁遊，步孫禮賢韻

一枕黃粱耳。笑浮生，百般營役，似痴如醉。斗轉星移關甚事，又惹多情遐思。浪擊處，石猶如此。將相帝皇空顯赫，誦千秋只有佳文字，忘不了，坡仙語。

當年兩賦爭雄地，放扁舟，清風朗月，盡收懷裡。鐵板銅琶大江去，唱遍登場換戲。真肺腑，情動難止。歎句吾身生也晚，酒和魚今日憑誰寄。赤壁約，無人矣。

以東坡兩賦寫生之有涯。步韻詞比步韻詩要難寫。

與曾廣才論書（調寄望海潮，步肇平韻）

艷陽窗外，茶煙杯裡，閑論書道誰雄。能草善行，似歪又正，覺斯氣勢如虹。後學比無從。好字神遊罷，跨越時空。盡吐襟懷，何須筆筆着中鋒。

毫端變化無窮。愛霜紅龕主，率趣遺風。聞得墨香，難禁指動，興來豈待千鍾。不畫烏勾蟲。唯癲張狂素，北海南宮。紙上任余揮灑，看舞鳳飛龍。

書法與詩詞都要有真性情。詞中提到的都是歷代書法名家。

席上阻飲（調寄采桑子）

能詩豈就皆勝酒？稍一沾唇，便已微醺。西扯東拉胡亂云。

路上教逢吹氣測，貴縱如君，有辱斯文，莫再乾杯次第輪。

交通警以吹氣儀測呼氣中酒精含量，過量即扣分罰款甚至坐牢。讀者可覺得這詞不是時代筆墨？

給周焜民

拳自承五祖①，文尤冠三軍②，
相交如菊淡，一瓣心香焚。

①周為五祖拳傳人。②周擅古文。

我曾得一閑章，印文為「淡如菊」，可見傳統文人相交之旨趣如此。

給許禮平

史實絲毫不誤差，圖文並茂樸無華，
休提先祖源高第，信是前身司馬家。

許氏先祖聚於廣州高第，許於近代史實考究甚詳，故以司馬遷期許。

許習文詩詠水仙不開花，以此覆

綽約含羞別有姿，水仙未放復何奇，
人間入眼皆污染，底事要伊強展眉？

以花喻事，港俚語「冇眼睇」。

立川傳來賈島「秋分」一首，即步其韻

清晨來急雨，秋氣與誰分，窗外聽棲鳥，山頭過淡雲，
緣何酬雅與，對此即詩文，莫歎知音少，刷屏還有君。

刷屏指用通訊軟件。

賈島詩：「**漏鐘仍夜淺，時節欲秋分，泉聒栖松鶴，風餘翳月雲，踏苔行引興，枕石臥論文，即此尋常事，來多只是君。**」由此可見如何才算步韻。步他人韻切忌抄襲用原詩用詞，如「秋分」「淡雲」「詩文」「有君」，只套用韻腳一字。

覆大洲

落筆何曾待酒醺，胸中氣魄與君論，
時光倒退千餘載，敢向蘇黃①討一分。

①蘇東坡，黃庭堅。

覆李大洲

胸中墨水自家池，爛漫天真總有依，
落筆唯知澆塊壘，何須劃劃似羲之？

這四句以起句最出色。

與孫禮賢閑談

月旦時流釋我疑，劇憐不學好談詩，
落花流水原無淚，敗葉秋風寧帶悲，
縱使偷閑耽可詠，焉能杜撰①即成辭，
尋常幾個真知曉，細處動情情更痴。

①亂作詞語。

禮賢博聞強記，尤好詩。常與相聚，對時下古典詩詞頗有同感。

給李大洲

健筆一枝縱嘯吟，香城喜遇刺桐①音，
知君有腹能容戲②，愧我耽書不善琴，
序作③寧無多過譽，詩篇信也合題襟④，

風流此刻憑誰斷，窗外烏聲報日沉。

①泉州多刺桐花。②李尚寫劇本。③李為我書法展寫序。④溫庭筠、段成式、余知古等有唱和集《漢上題襟集》。

給羅隨祖，謝刻姓名印

杏林此日半閑身，千里來尋石姓陳，
篆刻真通知有幾，詩書可伴更無人，
排朱意到皆由法，布白刀翻別出神，
起我毫端龍鳳舞，是君 寸點睛文。

中國書法墨落宣紙只有黑白，蓋上一方硃砂紅印頓覺更精神。

給施育煌

運筆用刀出石如，行雲流水見圓朱①，
能將儒雅藏方寸，都是當年燈下書。

①近代陳巨來以圓朱文印著名。

施好讀書，刻印仿鄧石如。

給廖競揚

小樹新栽罷，野藤剪又生，
街外樓千尺，村中屋①三層，
閑杓山泉水，試調畦菜羹，
誰言鬧市裡，無處可躬耕？

①廖於大埔有村屋。

有陶詩味道否？

五步前韻示李智廣

九曲人生轉不休，幾人歧路識回頭？
角中名角戲中戲，山外青山樓外樓①，
春水凝煙留釣客，垂楊掛月繫歸舟，
千金難買韶光住，落葉蕭蕭又一秋。

①宋林升：「山外青山樓外樓，西湖歌舞幾時休，暖風薰得遊人醉，直把杭州作汴州。」

「**角中名角戲中戲**」對宋人的「**山外青山樓外樓**」可算巧對，但句中意思比字面上要深得多。

給張應流，仿石鼓歌

張生手持死蚊來，叫我仔細驗蚊屍，
斯蚊嗜血不知忌，竟敢亂針嬌女兒，
女兒生來嬌寵慣，掌上明珠誰不知，
即使肉甜皮又嫩，豈能聽蚊隨意欺，
女痛在皮痕難耐，父痛在心若利錐，
是可忍孰不可忍，一掌拍落翅支離，
蚊既死矣復何慮，登革①入腎醫怕遲，
我看斯蚊無花腳，斷言不是白紋伊②，
張生頓卸心頭石，謝我應診兼釋疑，
我問香江數百萬，為父誰似張生慈。
蚊縱已死也當悔，擇食焉能不擇時！

①登革熱可致腎衰竭。②白紋伊蚊可傳登革熱。

這詩仿韓愈《石鼓歌》寫法。內容卻很特別。行醫近半世紀，第一次為蚊驗屍！

可憐天下父母心！

偶得，給道與師

是葷是素以何分，百念心中無一存，
花落花開誰管得，相從唯有嶺頭雲。

此詩頗有禪意。是我訪道與師時即席所作。禪寺處山頂。道與和尚不拘葷素。末句化自「**山中何所有，嶺上多白雲，只可自怡悅，不堪持贈君**」。

廖君謂有自詡高人每為他人相面

人自天生運已分，天機欲透豈勞君，

我非昔日朱洪武①，何用今時劉伯溫②。

①朱元璋。②劉基，傳能相人。

以劉伯溫和朱元璋作比，多了趣味。

謝廖競揚送粽

端午又聞粽子香，千年遺事汨羅江，
嘴饞莫笑陳家子，手巧還須廖氏娘，
信是上街無剩貨，果然調秘有仙方，
爐峰何處覓鄉里，竹葉捆來情意長。

陳家子指自己，廖氏娘指廖太。「嘴饞」對「手巧」，「陳家子」對「廖氏娘」，工整又不勉強。

詩集呈袁勇麟

千里奉君一篋書，笑介唇糙不塗朱。
還求青眼多檢視，百態人生有也無？

「唇不塗朱」指余詩不矯情，如人不化妝。袁教授遍讀我的詩詞，發表一篇很透徹論文。推我為舊詩詞的招魂。

給孫立川，《粹玉集》發佈後慶祝席上

佳釀珍藏五十年，開瓶猶覺酒香鮮，
他朝上得蟠桃會，醉倒蓬萊不醉仙。

給胡西林

本是湖邊自在身，苦為生計校書頻，

孤山縱有梅花雪，到底原非放鶴人。

此處用林和靖梅妻鶴子故事，借指胡西林不能有林和靖那閑逸生活。

偶得，再次韻奉黃君實師

美酒佳肴不問錢，東坡讀罷讀屯田①，
青山幾抹天凝碧，春水一篙柳繫煙，
平日逢人開口笑，倦時掩卷抱頭眠，
生雖苦旅當如此，過了中秋又近年。

①柳永號屯田。

謝周天華贈硯墨

謝君送我硯沙池，一寸松煙①有所依，
處世唯知分黑白，不為俗眼買胭脂。

①松煙即墨綻。

寄楊思勝，示印堂雅集諸友

昔日曾種杏，情還擇墨耕，謙謙一君子，朗朗一書生，
刀下留人慣，毫端縱意橫，但羨漁樵適，更怕龍虎騰，
年來瘟疫虐，參商各自行，天外雲邈邈，諸子眼睜睜，
何當共浮白，書畫更一層？

年來苦疫，與楊思勝「**人生不相見，動若參與商**」。

迴文詩

是文人戲筆，偶而為之，也可欣賞中國文字的趣味。英文只有傳是拿破侖被放逐的一句話：Able was I ere I saw Elba。但花時間寫這類詩便失去寫詩原意。

聽中樂

吹笛亂音琴斷魂，水和山怨莫離分，
飛花紅似濃情愛，誰屬我心痴問君。

返讀：

君問痴心我屬誰，愛情濃似紅花飛，
分離莫怨山和水，魂斷琴音亂笛吹。

月夜偶得迴文詩

秋蟲鳴寂夜，冷月對盈杯，
浮世嘲余獨，憂時訴與誰？

返讀：

誰與訴時憂，獨余嘲世浮，
杯盈對月冷，夜寂鳴蟲秋。

迴文詩是文人遊戲，但亦可見中文特色。我曾把李白《下江陵》拆散重組：「**一日還朝辭帝陵，萬山已過彩舟輕，重雲兩岸啼猿白，千里江猿不住聲。**」押韻平仄都可，可見中文的趣味。此外還有所謂轆轤體，都是文人的文字遊戲。

題畫詩

中國文人畫常伴有題詩。最廣為人知的應是徐渭題自己的「水墨葡桃」：「**半生潦倒已成翁，獨立寒齋嘯晚風，筆底明珠無處賣，閑抛閑擲野藤中。**」內子好畫荷花，我偶為之題幾句。

題妻畫蜻蜓荷花

撐傘木驚暑氣多，橫塘一曲易消磨，
蜻蜓也解蓮心苦，來報明朝雨打荷。

蓮子苦，蜻蜓多見於風雨前。

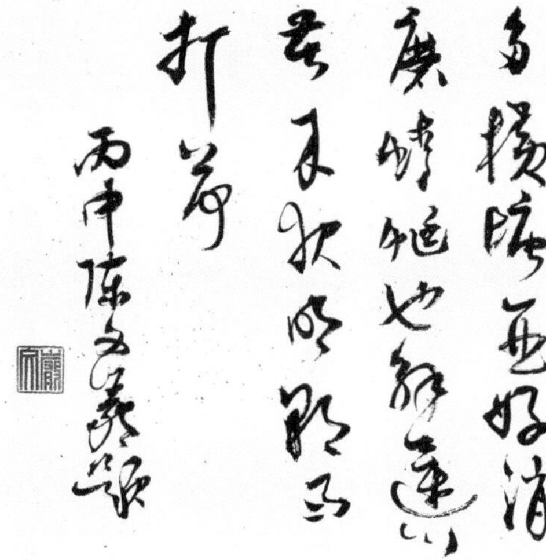

題雙鳥紅荷圖

喜見幽禽勤唱和，掏心說與醉顏酡，
繁囂偷得閑如許，到處園林一樣窩。

雙鳥對唱，似乎在說能有空閑比甚麼都要緊。

題妻畫瓶插百合

纖纖柔白透紅嬌，脈脈風情魂欲銷，
為怕春光留不住，一枝瓶裡細心描。

題妻畫荷贈友

人情莫笑薄如紙，紙上墨痕猶帶香，
執筆一揮搖五彩，予君十畝透心涼。

題楊思勝畫

寒鴉幾隻繞舟前，伴我孤簑泛暮煙，
岸上蒼松知也笑，老夫不讓小魚眠。

題妻畫月瑰

不與洛陽爭艷名，獨懷利刺護高矜，
年年二月逢十四①，一朿一枝都是情。

①情人節多送玫瑰。

不與庸脂
爭艷名
獨懷利刺
護高矜
每逢中外
情人節
一束無聲
勝有聲

丙戌詠玫瑰
陳文[illegible]

寫作技巧

要使舊體詩有生命力，筆墨當隨時代。身邊人、身邊事、家事、國事、天下事，無不可入詩，但要去陳腔，避僻典，白話可以詩詞化，通俗而又不入俗套，細微觀察，言人之所未言，但切不可杜撰，亦不能因遷就音韻而亂改慣用詞。如「黃昏」不可作「昏黃」，「江山」不可作「山江」，「烽煙」不可作「煙烽」等。詩要朗朗上口，可誦可吟可唱，不要讀來拗口不順。最好用語能體現時代本色，活潑一點。

用典

詩是最凝煉的文體，用典故更是漢詩一大特色。蘇東坡詩問章質夫所送六壺酒因何不到有「**豈意青州六從事，化為烏有一先生**」，不但對得好，且用典巧妙。青州從事指酒，典出《世說新語》：桓公有主簿善別酒，有酒輒令先嘗，好事者謂青州從事。烏有即子虛烏有，出自司馬相如《子虛賦》。這兩句詩就是說「送我六壺酒，怎麼沒有啊」。用典無疑可增加詩文的深度，但不要拋書包賣弄學問，避用僻典，免得詩艱澀難解。現代人亦自有現代人的故事，我稱之為今典。

龍年即到

人人皆說龍年好，索男求女莫蹉跎，
龍女天姿性伶俐，龍男長大可興波。

是龍豈就真風流？東海怕見孫猴頭，
若遇哪吒命更苦，龍鱗批罷筋又抽。
都羨龍女如掌珠，命貴人間歎不如，
記否張羽曾煮海，記否柳毅曾傳書？
我笑世人愛折騰，時也命也豈容更！
福兮禍兮天早定，何必破財擇時生。

詩作諷刺港人擇時生子。

詩中四換韻，用了四個家傳戶曉故事，《西遊記》中孫悟空鬧龍宮，《封神榜》哪吒鬧海，唐傳奇和元雜劇《柳毅傳書》、《張羽煮海》皆與龍女有關之愛情故事。用典千萬不要用僻典，否則只是拋書包而已。

吳榮治有詩詠時事，感而覆

國際相交何以求？珍珠港①恨長崎②仇，
可憐碧海硫磺③血，難掩南京白骨丘④，

重地兵家爭釣島⑤，敗軍戰後得琉球⑥，
扶桑⑦甘作花旗⑧卒，為怕炎黃冒出頭。

①日本偷襲珍珠港。②美國炸廣島，長崎。③硫磺島。④南京大屠殺。⑤日本。⑥美國。

這裡所記的近現代史實都是今典，不引用怎可能用二十八字概括？可見用典在古詩詞的作用。

聽黃天談琉球史事

當年奉詔舉家搬①，一去明知未可還，
但把中原傳化外，豈為大國奪歸藩，
焉知倭寇刀爭快，痛哭秦庭②兵不援，
最是堪憐卅六姓，幾人猶望漢衣冠？

①明朝移八閩三十六姓往琉球。②琉球使往清朝求援，如申包胥哭秦庭。

這裡用的典故，也是以一句概述當年發生之事。

春遊俄羅斯有感所見（調寄漢宮春）

偉矣紅場。惜如今辜負，大國旗幡。無情風雨，一夕偷換河山。奢談政改，肚腸空，難抵春寒。羞怕見，討錢要飯，也曾楚楚衣冠。

還幸鄧公遠矚。道能抓老鼠，黑白何干。南巡又催放膽，搞活窮攤。城鄉僻壤，幾年間，路闊車繁。須記得，東歐最苦，小康長夜漫漫。

這裡的「能抓老鼠，黑白何干」就是個人所皆知的新典，因融化得宜，絲毫不礙詞調。前半寫俄羅斯慘況，楚楚衣冠淪落街頭乞食。後半筆鋒一轉，寫鄧小平的黑貓白貓，但結果又回到東歐，這樣便渾然一體。「放膽」「窮攤」都是現代語。筆墨當隨時代在這表現無遺。

屢見國內有炫富者

摸石過河①笑膽粗，脫貧從此有藍圖②，
金磚③便使當炫富，記得草根血汗無？

①鄧小平名言：「摸着石頭過河」。②藍圖即BLUEPRINT。③中國為「金磚四國」之一。

這絕句用了兩個「今典」。「摸着石頭過河」「金磚四國」是近年的用語，相信日後也會成為詩中的典故。

加州偶得

異國偷閑難抵閑，聊將瑣事作詩言，
朝來市上盤三頓①，午後街邊走幾圈，
為着減肥貪肉瘦，卻因饞嘴入鍋煎，

牛扒不是蓴鱸[2]味，細數歸期還一天。

①盤算三餐。②張季鷹因秋風起思蓴鱸。

此處用張季鷹思鄉味的典故，以牛扒對比尤見貼切。

出門遇雨

今晨赴急出家門，頭頂忽然聚黑雲，
盡怨中秋天似暑，誰知一瞬雨傾盆，
未央長樂[1]今何在，金谷綠珠[2]不復存，
六十年來隨遇過，從醫未悔半詩人。

①漢宮殿名。②晉石崇金谷園寵美人名綠珠。

石崇金谷園和綠珠的故事是常用的典故，泛指奢侈生活。

北京郊外摘桃

郊外驅車百里遙，漫山桃靨向人招，
也知氣煞東方朔①，看我滿林隨意挑。

①傳東方朔曾偷王母蟠桃。

用東方朔要偷桃對比我隨意挑選，落差更顯強烈

自嘲

戰漢①新雕歎不分，掉才但向腹中吞，
棒鎚②若問誰堪比，承德山頭有一根③。

①戰國，漢朝。②古董界稱門外漢而被人騙的為「棒鎚」。③承德有一巨石倒立山上，人稱「棒鎚山」。

承德的棒鎚山已成古董界的典故。整首詩的用詞遣字都見新氣息。這就是我所主張的棄陳腔、避僻典。

又接肇平和詩，再步韻覆之

春雨連綿夢正長，朦朧腦海是仙鄉，
才如太白遊天姥①，又見寒雲②泡③酒廊，
仿佛東坡歌小調④，分明西苑⑤聚清狂，
詩人偶作癡獃語，睡起還須歸本行。

①李太白有「夢遊天姥」詩。②袁克文，常流連舞榭歌台。③香港俚語：「泡」指長時間流連。④蘇東坡《水調歌頭》一詞多傳誦。⑤宋人西苑雅集。

這裡的太白、寒雲、水調、西苑皆是人所皆知的古人故事，用以對應「仙鄉」，歸本行則返回現實，繼續行醫。

又有貪官落網

難填貪壑奈何天，鑑史誰曾顧目前，
多少官家豪宅裡，猶歌玉樹①舞金蓮②。

①陳後主寵張麗華，為其制《玉樹後庭花》曲。②南齊廢帝東昏侯於宮中以金蓮貼地面令潘妃步行於上。

玉樹、金蓮都是常用典故。「**商女不知亡國恨，隔江猶唱後庭花**」就是陳後主的典故。

用詞遣字

詩是最凝煉的文體。用有限的字數、寫出餘音嫋嫋，令人深思的意境，便不能浪費文字虛晃一槍。賈島推敲的故事已成經典，王荊公「**春風又綠江南岸**」用「綠」字作動詞更見生機，如果改為「到」或「過」則遜色的多，可見作詩的煉字工夫，有時稍改一字以可使詩意全失！如荊公詠梅：「**牆角數枝梅，凌寒獨自開，遙知不是雪，為有暗香來。**」把「知」字改成「看」成了甚麼？

蘇軾的「**天外黑風吹海立**」的「立」字，暴風把海浪掀起，巧筆難描。東坡大才，但有時細處可能不太在意。《念奴嬌．赤壁懷古》中「**人道是三國周郎赤壁……人生如夢，一樽還酹江月**」人字用了兩次，只要把「**人道是**」改為「**聞道是**」即可。《卜算子．詠鴻》：「**缺月掛疏桐，漏斷人初靜。時見幽人獨往來。**」又重複人字，我以為幽人是幽禽之誤，這樣和接着的「**寂寞孤鴻影**」才更渾成。蘇東坡是萬人迷，沒幾個敢批評。這種偶像膜拜不是甚麼好事。李白的《靜夜思》：「**床前明月光，疑是地上霜，舉頭望明月，低頭思故鄉。**」作為啟蒙兒歌無可厚非，吹捧為了不起的佳作大可不必。我時常有疑問，月光怎會照到床前？除非樓很高窗又很闊大。躺在床上又怎舉頭低頭，不得頸椎病才怪！直至後來了解到床指的是胡床，即馬背民族的交椅，才恍然大悟，原來李白是坐在院中的交椅上望月。這首時不依盛唐的平仄，屬古詩一類。我不太喜歡韓愈的詩。他是大文學家，以文載道，但詩多艱澀，最感人還是「**雲橫秦嶺家何在，雪擁藍關馬不前，知爾遠來應有意，好收吾骨瘴江邊**」，語淺情切。李商隱是繼杜甫後的律詩高手。無題詩尤多人傳誦。「**夢為遠別啼難喚，書被催成墨未濃**」，多生動！「**身無彩鳳雙飛翼，心有靈犀一點通**」也令人擊節。可是「**滄海月明珠有淚**」雖不難明白，「**藍田日暖玉生煙**」就較費解了。寫詩不是作謎語，所以我認同白居易。「**在天願作比翼鳥，在地願為連理枝，天長地久有時盡，此恨綿綿無絕期**」真是老嫗能解。用詞淺白，通俗而不俗是我一貫主張。

詠馬屁山

山中晴晦奈誰何，雲聚雲飛難捉摸，
休再呼山當馬屁①，人間馬屁已嫌多。

馬屁山得名是因山中天氣變化多，有貴人來遊玩則多數放晴。這裡就馬屁兩字發揮。末句起了點睛作用。

武夷山蝙蝠洞

到處難尋安樂窩，棲身岩壁又如何，
糊塗世事休相問，倒轉來看差不多。

此詩脫胎於鄭板橋的「難得糊塗」，而且很應景，很得網民喜愛。因為蝙蝠是倒掛的，但和人看的是同一世界。

英國偶得

千金一面也難求①，此地因何日照羞，
只怨當年神射手②，竟然箭下不多留！

①難見太陽。②后羿射日。

寫英國冬天少見太陽。可是怎能成詩？用后羿射日典故不就活了嗎！

蔡清祠

百年古屋讀書聲，論易於今拜蔡清①，
為向先生偷一課，老榕也得折腰聽②。

①蔡清為易經名宿。②庭中榕樹幹傾斜低折直至廳前。

這絕句詩意在後兩句，祠中老榕樹幹彎折直達廳前。用擬人法比喻偷聽。陶淵明不為五斗米折腰，老榕樹肯為聽講易經而折腰，可見講者地位和課之動聽。

憶惠州西湖

穿柳鶯聲映月台，一泓凝碧兩堤開，
惠州欲挽詩人住，合把西湖搬過來。

不說東坡建惠州西湖而說惠州為東坡把西湖搬來，別出心裁更覺清新。

早起聞鳥

百囀窗前未肯停，謝他如此好心情，
原該春暮啼紅雨，底事年頭綻紫荊，
花信已經無日準，耳邊難得幾回清，
直須每早漱喉唱，滌盡 phone in① 吆喝聲。

①亦可譯為烽煙，電台節目。

有論者曾批評我用英語入詩，其實phone in兩字皆平聲，且無人不曉，用之亦無不可。不致淪為粗淺的打油詩。

夜吟

樓頭佇立獨凝思，冷雨淒淒換歲時，
煙火才愁霾散晚①，雞啼又怕曉來遲，
沐猴②可嘆多無識，拉布③唯憐不自知，
看事焉能由鼠目④，如今處處仰花旗。

①放煙花時逢霧霾。②沐猴而冠。③拉布：在議會故意東西胡扯拉長時間。④鼠目寸光。

「拉布」是政壇流行語。

偶得（調寄西江月）

窗外狂風暴雨，眼中逝水流雲。由他世道亂紛紛，躲進書齋不問。

湖筆徽宣歙硯，南宮①北海②沙門③。幾聲鳥語耳邊聞，到底詩人本份。

①米南宮。②李北海。③懷素。

南宮、北海、沙門，詞性一致，與湖筆、徽宣、歙硯，對仗恰得其分。詞意從魯迅詩「**躲進小樓成一統，管他冬夏與春秋**」而來。

宿加州

黑風掀海不停吹，萬里辭家且避雷，
上網①暫休無掛礙。當爐獨坐嘆②咖啡，
窗前舊植花爭發，屋外新知鳥歇飛，
昨夜桃源春水漲，醒來猶說鱖魚肥。

①互聯網。②港俚語：「嘆咖啡」指盡量享受咖啡。

上網是流行語，不是杜撰，嘆咖啡亦是廣泛應用的香港方言。

不以豪華觀成敗
但從淡遠悟天

詩從哪裡來？

古人有踏雪尋梅、背囊覓句之說。或許是文人的自我陶醉。天寒地凍，還特地出去尋梅覓句？詩不是尋來的，所謂「情動於中，而形於言」。你如對事物容易有感觸，你就具有詩人本質。反之你凡事無動於中，那可和詩永別了。我曾有詩：「**作詩問我恃何才，一語性靈茅塞開，眼見耳聽心有感，於無詩處得詩來。**」我贊同清代袁枚的性靈說。詩人的觸覺特別敏感，別人看不到的都能先覺察。這樣便隨時都有詩的素材。從本書中可見日常瑣事皆可入詩，遊山玩水，國事，家事，吃蟹，吃魚，看病，拔牙，寫字，畫畫，甚至塞車，洗車，無一不可吟！

曹子健七步成詩，那「**煮豆燃豆萁，豆在釜中泣，本是同根生，相煎何太急**」膾炙人口，其實以曹植的聰慧，在生死攸關時做一短短的五古未必要七步。我也曾即席揮毫，邊作邊寫，成一七古，開頭就是「**七步成詩有甚奇，我今落筆試為之**」，相信唐章懷太子的「**黃台之瓜，何堪再摘**」一詩也不需很多時間才寫成。「**李白乘舟將欲行，忽聞岸上踏歌聲，桃花潭水深千尺，不及汪倫送我情**」，恐怕亦都是即興口吟之作。感情才是最要。我詩即興之作特別多。

遊湖南天門山

平地一山天外橫，驅雲趕霧起岩層，
石梯千級能登得，白髮換來烏髮生。

同行諸友皆白髮，能登上千級石梯，氣力當能比得上青年。

黃河水

我為黃河抱不平，無端惹得染污名，
與君一罐黃河水，日久當知水自清。

罐中水所含泥沉澱後見水清。末句有暗喻，水非濁，濁因泥沙耳。

包公祠

不以階層論重輕，但知同罪判同刑，
鍘刀何必分三等，「喀嚓」頭顱只一聲。

包公祠有龍頭鍘，虎頭鍘，狗頭鍘。此嬉笑之作也。

朝起，時在康奈爾大學

金烏一早立床沿，照得春光如此妍，
我欲大聲呼野叟，陽光可愛不須錢。

野叟獻曝的「野叟」被我借用了。

萬聖節

面作畸形衣染紅，一家大小樂無窮，
今宵萬聖人皆鬼，羞煞當年羅兩峰。

萬聖節是西洋「鬼」節，是夜人皆扮各種鬼怪狂歡，而「揚州八怪」之一羅聘，號兩峰，有《鬼趣圖》傳世，不如萬聖節情景。

夜書

量淺自知酒不堪，今宵容我半杯貪，
滿懷鬱結若能暢，八法方圓何足談，
一卷狂書毫未倦，三行直落墨猶酣，
欲將尺素①藏天地，豈在他朝青出藍。

①泛指短短白宣紙。

「青出藍」句指弟子超過師父非我本意。

論書畫

一味臨摹徒費神，四王①流敝豈無因，
自家丘壑須真我，依樣葫蘆只別人，
莫信洋方皆可用，未諳古義怎能新，

千年文化茶渣漬②，不是飛來桌上塵。

①清初畫家：王時敏，王原祁，王鑑，王翬，以倣古為主。②「茶渣」是李瑞環名句。

「**飛來桌上塵**」指外來的有些不知所謂的藝術只是灰塵而已。

吃農家菜

我愛農家菜，料單五味全，
雞唯烹走地①，魚不煮朝天②，
白飯掀鍋出，黑羊上炭煎，
歸來將半日，猶覺口中鮮。

①「走地雞」指不是困在籠中養的雞。②魚一死即腹朝天。

我以是看遍
狂又廢有
才幾原不
追時同須
又疲飛僵
癸年之靜
古不詩曰是疲
讀辭而辭
畫一生好以名
山近山川之像
作吾畫寫挑床
寫然畫也
丙申陳寅恪

「**雞唯烹走地，魚不煮朝天**」既寫實，亦對得妙。這種構句類似杜甫「**香稻啄餘鸚鵡粒，碧梧棲老鳳凰枝**」。

偶得，席上菜餚多辣味

百味未嚐慾難消，少年誰不愛胡椒，
都言清水渾無味，老去方知惜一瓢。

這裡以「**弱水三千，取一瓢飲**」，從桌面食物聯想起人生道理，有宋詩影子。如蘇軾的「**橫看成嶺側成峰，遠近高低各不同，不識廬山真面目，只緣身在此山中**」的哲理。

與妻晚飯，吃魚為之詠

大海也曾自在游，何堪長作水缸囚，
今夜故着全條出，片刻唯爭半箸留，
莫信磷脂能補腦，慎防利刺誤封喉，

為我犧牲應無悔，狼藉杯盤剩骨頭。

是夜與內子進餐，蒸了一條魚，內子笑我把魚食得只剩骨架，我腦中泛起《前赤壁賦》的「杯盤狼藉」，即席寫了這七律，因為我不浪費，也算是魚的知音。魚也算「士為知己者死」了。

勸杜鵑移植後久不見花

冶艷嬌嬈集一叢，移來池畔夾桃東，
連天細雨新芽綠，遍地春泥別樹紅，
任是施肥花不發，直須讓路葉偏濃，
莫非惱我連根拔，夏盡秋窮無影蹤。

這首問花以律詩成之，對仗工整。落紅遍地，卻都是別樹的。末兩句有點出人意表，但恰好回應前面兩聯。

採參

我今暫作採參農，樹底輕鋤跟彼蹤，
五瓣葉如伸掌狀，一叢花聚點朱紅，
但看仙草連根出，旋覺藥香入鼻攻，
莫道逢虛皆可補，人心不古補無從！

在長白山採參即興。諷人心不古也。

與李智廣吃大閘蟹

十月陽澄喫耍雌①，肉甘脂膩更相宜，
出鍋鬆綁香堪醉，掀蓋溢膏店未欺②。
果是無腸③稱第一，才教蘸醋味如斯！
滿盤剩殼君休笑，誰叫生來是蟹痴！

①陽澄湖十月出產之蟹以雌性最好吃。②貨真價實。③蟹又稱無腸公子。

掀蓋即打開蟹蓋。詩直敍，但亦饒有趣味。

偶得

昨日猶驚暑氣侵，今宵風起報秋臨，
家人海外分三地，明月天涯共此心，
不盼繞身親問暖，但憑 whatsapp 代傳音，
教余生早千餘載，定與東坡徹夜吟。

Whatsapp 兩音皆仄，亦可譯為話什。「**海外分三地，天涯共此心**」從「**海內存知己，天涯若比鄰**」化來。

牙醫椅上作

瀕死搶人①傲爾曹，齒疴焉敢逞英豪，
一針入肉真難抵，半晌綳心幾欲逃，

耳畔但聞龍吸水②，口中直是劊磨刀③。
可憐醫者誰無病，有病依然懼白袍！

①余所醫治者多危急病症。②真空吸水之聲。③錘磨牙的感覺。

描述自己患痛見牙醫情況，啟功有多篇寫病與這類似。

目疾

救死扶傷數十年，誰知雙目有今天①，
翻書逐字調焦點，掩卷飛蚊②浮眼前，
幸有微波③清積鈣，教將晶體④去凝煙，
金睛⑤從此澄千里，不待老君爐火燃⑥。

①余有目疾。②飛蚊症。③微創音波。④眼睛晶體。⑤孫悟空金睛火眼。⑥太上老君曾把孫悟空放入爐中燒，致成火眼金睛。

詩中用的全是新時代詞語，完全不礙詩意。做完白內障手術看東西很清楚，用《西遊記》中孫悟空在太上老君的丹爐中煉成火眼金睛比喻，詩意更加突顯。

見鵲巢

逢樹唯尋最頂棲①，非關高竇②不能低，
應知地面灰塵重，難得喉清暢快啼。

①所見鵲巢均在樹最頂處。①港俚語竇即窩，「高竇」指勢利，看不起財富比自己低的人。

長安街上堵車時作

長安街上困車龍，但見綠燈皆轉紅，
為是官家貪特許，可憐民眾適何從，
分明算落無多路，頓折行來個半鐘，
說甚政壇新氣候，鳴鑼開道古今同。

古時官家出巡要鳴鑼開道，「貪特許」，「適無從」，「無多路」，「個半鐘」，兩聯工整，淺白又貼切。

過美國入境關卡

豈止行裝逐樣開，脫鞋除褲任他裁，
可憐過得安全檢，五臟都需掏出來。

自九一一事件後，美國機場安檢極嚴，幾乎連五臟都要出示。詩只四句，讀來應如親臨其境。

八號颶風赴急診途中作

疾風趕雨劈頭吹，亂葉殘枝遍地飛，
積水路邊將過膝，瀉泥山腳早成堆，
車前快撥①猶嫌慢，身上傳呼不斷催，
此去為人爭一瞬，管他八號②正排雷。

①車窗玻璃之水撥。②颶風強度。

這首詩是車上作，頗能逞現當時情景。而車的「水撥」和隨身的「傳呼機」都入詩了，誰言舊體詩不能寫新事物？詩雖盡是白描，但讀者應可感受作者當時的心情。李白《下江陵》應是即興詩：「**朝辭白帝彩雲間，千里江陵一日還，兩岸猿聲啼不住，輕舟已過萬重山。**」若不能體會他當時的心情，也只是四句直描而已。

聞米高積遜死訊

晴空霹靂信還疑，網上①爭傳盡恨遲，
只道勁歌須稍待，焉知演唱已無期，
一株異色②留神話，萬國同聲哭粉絲，
風采而今誰可代，唯從錄影憶當時。

①互聯網。②米高本黑人，但經整容膚色大變。

粉絲是近時通用的音譯外語。

觀甲子書法展歸作即書

何須斗酒始成篇①，胸臆毫端盡自然，
腕底但知分墨色，心中從未怕詩仙，
不將點劃趨時艷，獨以精神會古賢，
書到忘情誰是我，問他醉素與張癲②。

①唐詩：「李白斗酒詩百篇」。②懷素，張旭，皆以草書名世。

「**心中從未怕詩仙**」恐怕非一般文人敢言。偶像可以有，但不必膜拜，不必懼怕，李詩也不見得都是精品。

食紅肉火龍果

火龍果美味無欺，齒上甘香直透脾，
雖說此身非浪子，嚐來滿口是胭脂①。

①果汁如胭脂。

火龍果是熱帶水果，常見白肉黑籽。但亦有紅肉者，吃了便口唇沾紅，如染胭脂。

假日洗車作

莫笑洗車自己來，生成豈是富人胎？
修心且就肌筋始，去鬱何妨毛孔開！
為着瀰空多濕氣，更須塗蠟卻塵埃，
完工細想搬磚①事，腰不酸兮頭可抬。

①東晉陶侃搬磚自礪。

毛孔開指出汗。末句指想到陶侃搬磚自礪便不覺辛苦，洗車事雖瑣事，但能與陶侃事並提可見寓意。

池中有蛙，撈起作此訓之

原該坐井底，因何跌池中？池水已添氯，欲喊也無從，
莫非夏夜熱，竟然盲舂舂①！已是產卵苦，還要雌配雄，
也知求衍種，無奈趕匆匆，氣衰將近溺，溺我豈能容？
一撈端掌上，放生回草叢，小池只我用，休再亂撲通！

①「盲舂舂」，港俚語，指盲目亂跑。

全篇無一蛙字，但起句借用「坐井觀天」典故便指明所詠是蛙。

買花生

咱厝① 花生別處無，鹹乾香脆少工夫，
由他巧製多烘焙，兒味舌尖總不如！

①閩語指家鄉，厝是屋古語。

驚蟄酒會上即席

又到一年驚蟄時，酒筵盛宴聚如期，
玉漿瓊液皆有價，酒酣焉能可無詩？
高官巨賈也慣見，人大政協不稀奇，
滾滾紅塵數十載，髮白猶白耽墨池，
知否功名常自誤，世間攘攘又熙熙，
朱雀橋① 今何處覓，殿閣樓台敗如斯！
便是廟堂攀高得，我輩逢蒿樂安之②，

但教小樓春睡足，管甚窗外日遲遲③，
來春再有董酒會④，紫荊開遍報君知。

①唐詩：「朱雀橋邊野草花」。②李白：「我輩豈是蓬蒿人」③《三國演義》諸葛亮：「草堂春睡足，窗外日遲遲。」④席上有董酒。

「**我輩蓬蒿樂安之**」反李白「**我輩豈是蓬蒿人**」之意。

屋外樹已成林，院內仍有鳥巢

昔時風播種，今日影婆娑，既無人砍伐，還有天護呵，
盤根植沃土，挺腰立山坡，葉濃欲遮院，榦粗好安窩，
遠近來鴻鵠，吱喳爭寸柯，唯有吾家雀，未肯將巢挪，
應思伴舊雨，知音已無多！能擁小天地，樹大又如何。

陶淵明「**少無適俗韻，性本愛丘山，誤落塵網中，一去三十年，羈鳥戀舊林，池魚思故淵……**」開篇即直寫自己本性，鳥倦知還。我詩則寫山坡樹越長越粗而以鳥不挪巢喻自己安於小天地。寫法有異，旨趣相同。

見報上照片，為北極熊哀

茫茫大海望無邊，子望母兮母望天①，
體弱餓徒哀母哺，腹空倦且抱冰眠，
唯驚積雪隨時化，未曉容身何處還，
己是披毛居極北，難逃靈掌②禍牽連。

①報載圖片兩北極熊母子被困一小浮冰上。②人為靈長類動物。

寫地球暖化以警世人，亦文以載道，寫各種苦況，不徒以號口呼籲。

倫敦街上，與妻往看花

今晨難得日和熙，正好上街試獵奇，
免我指僵皮作套，防她頸冷襖當衣，
未如太白坐花處，更似淵明沽酒時，
半碗熱湯才入肚，此中舒服自家知。

詩中盡生活化，但有太白、淵明襯之自有高雅。引太白是因《春夜宴桃李園序》，而當時正往公園看花。

為夾竹桃花歎（調寄卜算子）

一臉女兒香，顧盼聽誰主？才見春晴已欲凋，怎耐風和雨！
何事色傾城，未入群芳譜？為護花開別樹紅①，無悔滋泥土。

①龔定庵詩：「落紅不是無情物，化作春泥更護花。」

夾桃花雖色傾城而不受點提，能不令人感歎乎？

園中即景（調寄醉花陰）

籬邊百合花開透。蝶懶蜂兒瘦。天末陣風來，落葉蕭蕭，一曲清商奏。

無情歲月欺人久。髮白羞搔首。還道只涼秋，日曆翻看，竟立冬時候！

李清照「**莫道不銷魂，簾捲西風，人比黃花瘦**」，女兒家語。這裡的末句是歲月暗中飛逝，是前半闋景象的總結，會牽動更多同感。

看內子畫花

看花何必擇花名，入眼終緣脫俗馨，
萬紫千紅爭鬥色，一株獨愛只關情，

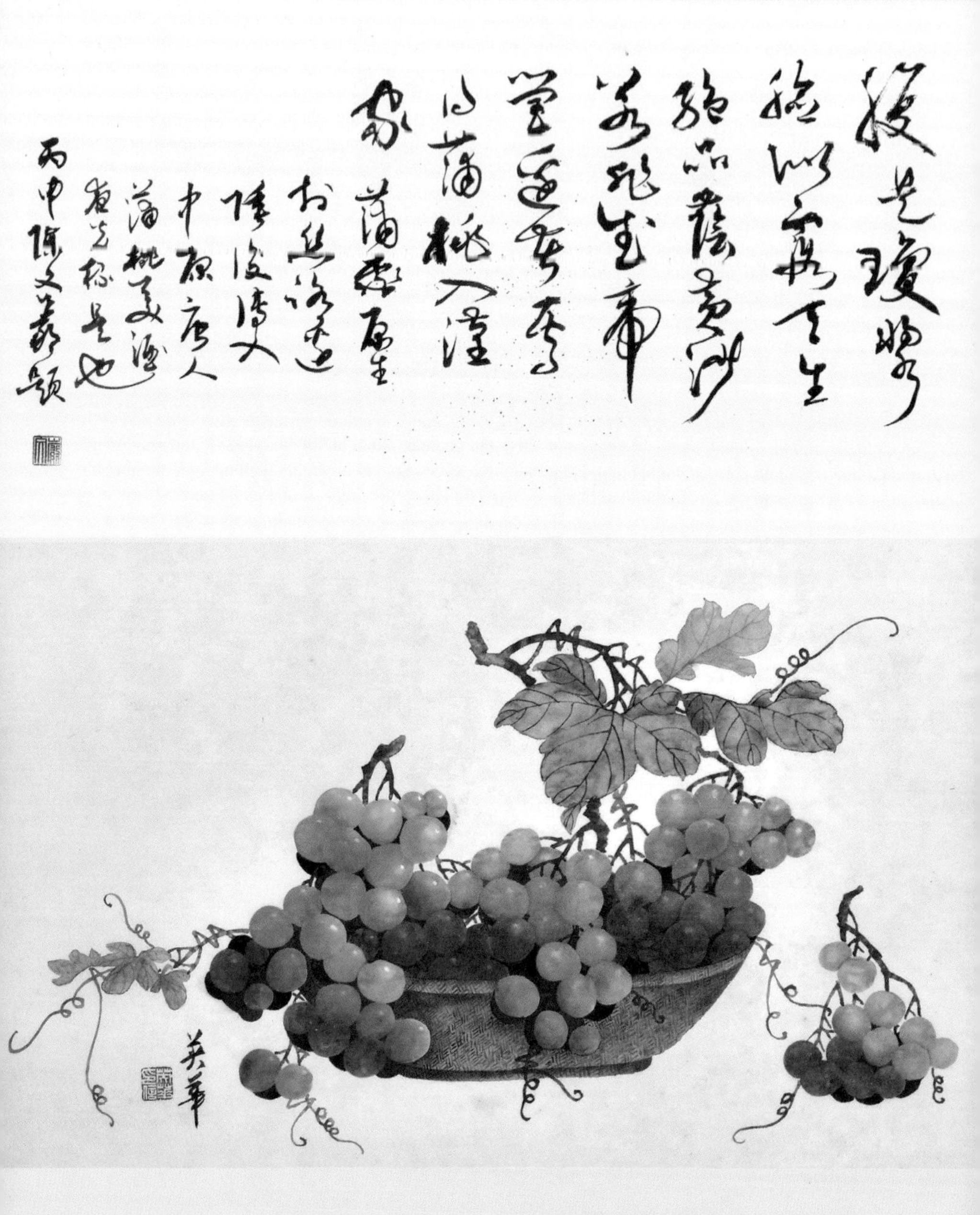
英華

雪飄不礙梅心暖，霜降誰驚菊瓣輕，
擷取還須多着意，有宜簪髮有宜瓶。

末句言簡意深，令人有無限想像。因花常用於擬人，角色不盡同也。

上海展書法即席

莫笑老來遭墨磨，衰年變法又如何？
若教上得山陰道，也要換他幾隻鵝。

齊白石衰年變法，畫更精堪。末句有自信，用王羲之換鵝典故。

憶泉州行

憶昔鯉城①七日遊，友情鄉味不勝收，
一堂雅聚承天寺②，百幅淋漓威遠樓③，

君子之交如水淡，詩人餘事以茶酬，
他朝再有西園會，斗墨盡傾興始休。

①泉州稱鯉城。②③泉州名跡。

當年在泉州威遠樓做書法展，又和諸友於承天寺筆會，故以宋人西園雅集比喻。

普林斯頓閑居（調寄浪淘沙）

一覺幾回醒，錶報三更；腦中時計未調平，夜作晨來晨作夜，
夢總難成！
車馬遠門庭，葉落傳聲；天機只合寂寥聽，惜是香城無此境，
無此心情！

雖有 jet lag，落葉也聽得見，是靜寂之最。

夜半聞蚊（調寄浪淘沙）

夜半是何聲？耳畔嗡鳴。竟然招得餓蚊叮！床尾床頭翻幾遍，未見斯形。
緝犯久無成，睡怎能寧？休言小痛不須驚。知否城中多少事，一隻蒼蠅！

由聞蚊想到香港亂局，雖由一小撮人攪起卻滅之不易。聞蚊亦可有詩，可見詩的題材無處不在。

適逢中秋在美國休假

時睡時醒又一天，人留異國不知年，
朝朝無事真難過，日日清閑未是仙，
豈是中秋光才好，每逢十五月都圓，
此身原是無韁馬，最怕老來伏櫪邊。

身在異國雖清閑亦無聊，覺得中秋和每月十五沒甚特別，用曹操句：「**老驥伏櫪，志在千里**」寫自己閑不下來的心情。

加州午夜聞電話，醒來偶得

午夜夢迴難再眠，二更竟似五更天，
不關朗月窺窗外，而是鈴聲響榻邊，
一自欠安經我治，每逢有變總心懸，
體溫血壓如常態①，兩字「無妨」頓釋然。

病人長途電話報說沒發燒，血壓正常，因而作。醫者心情，如現眼前。詩中多時代筆墨，亦可見醫者心情。人在千里外，亦可經電話了解病情。

五邑大學返港路上

驅車百里赴江門，送我歸來是雨雲，
向晚談詩能入耳，揮毫倒墨又空樽，

莫愁一刻傾東海①，還幸當年有蔡倫②，
能把流光瀟灑過，人間何處不青春。

①指量多。②蔡倫造紙。當晚揮毫，幾乎用盡室中存紙。

末句指心情決定一切。有人曾改「**夕陽無限好，只是近黃昏**」為「**但得夕陽無限好，何須惆悵近黃昏**」亦是這意思。

見李蓮英扳指

昔日聲聲老佛爺，小人多欲認乾爹
一圈板指知榮辱，要看還須仔細些。

李蓮英稱慈禧為老佛爺，因其為慈禧親信，很多巴結他的人都欲認乾爹。北京博物館藏有李蓮英翡翠板指。

國寶幫

自詡眼光與眾殊，焉知有眼不如無，
地攤多少新燒件，六百年前盡姓朱。

近年國內收藏者多贗品，有所謂國寶幫。「盡姓朱」指明朝。

看花有感（調寄鷓鴣天）

才自根鬚①競短長，又從葉綠②攝驕陽，春來早起爭凝露，留得人間撲鼻香，

為衍種③，饋蜂糧④，天生萬物有規常，休言草本多無寄，花謝花開逐一場。

①植物以根鬚吸水。②葉綠素催化光合作用。③花粉是花精子。④花蜜是蜂糧。

山居偶得

千尺小廬暫寄身，山腰最合滌繁塵，
滿城冠蓋多滋事，一榻詩書自養神，
樹影扶疏長作伴，鶯聲對久倍加親，
昨宵庭外西風起，忙煞今晨掃葉人。

有點隱士意味。可是家無傭人，便成了掃葉人。每見前人用掃葉山房名其居，不知可曾親自動手？

梅花館裡

梅花館裡管絃聲，仿佛南唐畫上情，
我亦當年韓相國，一音一節憶曾經。

當時情景好像《韓熙載夜宴圖》。我即興作了四句，後得已故泉州碩儒陳祥耀先生和了一首，「**泉南曲子説唐聲，贏得千秋懷古情，知否金陵中後主，填詞取調**

亦親經」。香港詩人秦嶺雪亦有和「**馬上琵琶尺八聲，暗猜暗想古今情，溫陵九月梅花發，滿室幽香雪未經**」。原泉州歷史文化中心理事長周焜民也有和詩：「**琵琶苦作望鄉聲，一剪梅花倍有情，簫鼓夕陽都已矣，幺弦輦路復誰經。**」後又各自書成直幅懸於館中。文人雅興，四屏自成一景。

泉州電視台訪問即席

天公憐我好談詩，大雨傾盆來也遲，
畢竟積污該一洗，滿城鬱悶已多時。

在大學講完詩後到電視台前遇雨。接受電視訪問主持人要我即時作詩，順口吟成。這樣即興的詩以絕句最易，如「**李白乘舟將欲行，忽聞岸上踏歌聲，桃花潭水深千尺，不及汪倫送我情**」。

即興

一揮而就未稍疑，紙上煙雲心底詩，
我歎東坡生也早，東坡笑我誕何遲。

恨古人不見吾耳！

未了語

我有很多詩寫動物，鷹、鶯、蛙、蚯蚓、蛇、馬、牛、貓、豬、蟑螂、蚊、雞、鴨、北極熊等。都是有感而發者。其中是鶯雀為多，皆因家中園裡有鳥築巢。「風入松」是我首次見雙鳥餵食，幼鳥出生而羽毛漸長，雙親教飛不數日即離巢有感而填。

詠園中鳥（調寄風入松）

春風吹喚杜鵑紅，又見去年蹤。含枝揀草深深處，兩心織，穩固玲瓏。葉上瀟瀟雨緊，身邊暖暖情濃。

須臾黃口大無窮。新眼細還矇。餵蟲哺吐千千遍。算贏得，羽滿毛豐。惆悵學飛去也，林間何日相逢？

誰人不寄望兒女能高飛。可是飛去了便相聚不易，前後段的尾兩句最令人惆悵。比白居易的「樑上有雙燕」較溫雅含蓄。

和鳥對語

未到天光已嘴貧①，聲聲懇切豈無因？
推窗坐對枝頭雀，整羽凝看屋裡人，
問我為何爭起早，干卿底事②少殷勤，
三餐彼此還須顧，莫再朝朝徒費神。

①北方語「嘴貧」指多話。②「吹皺一池春水，干卿底事？」

這詩寫法，借鑑於辛棄疾詞《西江月》：「**昨夜松邊醉倒，問松我醉何如？只疑松動要來扶，以手推松曰『去』。**」

園中昔日有鳥築巢，近兩年未見（調寄鷓鴣天）

百合長年凝望思，垂纓掛綠佇多時，不聞往日調雛戲，獨悵今晨報曉稀。

歸有約，踐無期。笑余此問只天知。身藏海角誰家院，巢在春陰第幾枝？

園中又見鳥蹤（調寄鷓鴣天）

乞得春陰屋角移，誰教花信報來遲，多情自有園中鳥，不認新栽認舊枝。

忙有份，歇無時，銜泥揀草緊相依，年年結伴何曾負？已到東風拂柳眉！

鳥巢再現（調寄蝶戀花）

幾度樹梢枝亂顫，疑是鶯來，滿院翻尋遍。無奈緣慳難一面，怕渠厭舊貪新戀。

只道負心飛已遠，不料今朝，葉底巢重現。誰個相思能了願，多情總有天憐見。

我院中咖喱樹有鳥巢，與我日夕相伴，亦成了我經常吟詠對象。上述四小令由惆悵不見鳥巢，到東風拂柳眉時又見鳥蹤，以及枝上鳥巢重現，作者心境表露無遺。

母親節見網上片段有感

巢裡雙雛遭蟻襲，不能飛也不能立，
可憐遍體似灼傷，聲聲慘叫如哀泣。
還虧母親覓蟲歸，見此焉能心不懾，
但將利喙戰蟻群，逐隻挑來如粟粒。
偏是蟻群飢且兇，不懼死兮退復集，
鳥兒前後左右窺，頭欲暈兮難捕緝。
寡眾懸殊歎奈何，終見伴侶趕回及，
攜手硬把蟻群清，氣不喘兮身也濕。
猶怕蟻群去再來，雌鳥伏巢翼張揖，
母愛從來不顧身，不分物類不分級。
生我育我問為何，我為母親再合十。

孟郊的《遊子吟》：「**慈母手中線，遊子身上衣，臨行密密縫，意恐遲遲歸，誰言寸草心，報得三春暉？**」是寫母愛的經典。白居易的「**樑上有雙燕**」則先寫燕子哺餵小燕之辛苦，因小燕長大離巢不返而悲傷反問其當日何嘗不是一樣棄父母而去？從側面寫父母養育之恩。

這七古描述母鳥護雛的勇敢，可見世間唯母愛最偉大無私。

悼貓

炎夏車身臥，寒冬車底藏，一日見兩次，來去各匆忙，
此地無碩鼠，車房非米倉，飽食無所事，自然懶洋洋，
我學咪咪叫，咪咪扮我腔，休嘲老而不，赤子心未亡，
相交十餘載，黑白以何量，邇來不復見，搜遍停車場，
鼠偶①猶掛壁，毛屑猶在床，食備呼不至，黯然獨神傷，
生雖有九命②，終歸難永長，死去不辭別，疑是遊遠方，
日日泊車處，誰對鬢蒼蒼！

①老鼠布偶，供貓抓弄。②西諺。

養貓人多矣，誰有此情思？

新聞報說有人於其垂死情人病床前舉行婚禮

病房慣見斷魂天，垂死情多更可憐，
強忍吞聲還欲說，待聽細囑已無言，
兩行熱淚充初吻，一片痴心抵苦煎，
為了阿嬌連理夢，即將婚證報墳前。

年青人與其懷絕症臨危的女友在病房之婚禮，在當今這浮噪社會，更加感人。

我特別選最後這兩首作結。一是哀悼經常伏在我停車場邊的貓，一是被新聞報道痴情人所感動的。可見詩詞最重感情，振奮人心的要令人讀後同仇敵慨，沉痛的令讀者同聲一哭，寫情要令人感同身受，諷諫的令人回味再三。哲理的要令人有體會，抒懷的要讀來心神舒暢。

年輕一代可能覺得舊體詩詞離他們很遠。這本小冊從我三千餘首詩詞約十選一為例，純粹以個人看法詮釋舊體詩詞在現代生活的位置。舊詩不但未死，這幾千年的傳統還可繼續發揚下去。詩的素材垂手可得，從書中例子清楚可見。詩就是生活片段：吃魚，吃蟹，遇風遇雨，治病，旅遊，思親，身邊事，國事，社會和國際事件，只要有感情，觀察力，聯想力，甚麼都可詠。初學者欠缺的只是用詞遣字罷了。有一位台灣朋友曾告訴我他讀中學時聽過易君左（清末易順鼎的兒子，擅長篇歌行）講詩詞創作。有同學很執着地詢問有關格律，易先生笑着答：先寫幾句看看才談格律吧。也是。喜歡足球就先踢着玩，球例還是次要！正如我初中與同學登香港太平山這詞（調寄瑤台聚八仙）：

誰惜流年？中秋也，看再度月團圞。笑登峰頂，峨立竟與天連。終歲歡欣能幾許？今宵莫令月空圓。對山川。笛吹舊曲，琴撥新弦。

由他人人笑我，且放歌自得，弄影山巔。暮色秋聲，都在老襯亭邊。把杯真個醉了，便相與松風抱一眠。濩漫夜，有月兒隨我，睡到明天。

真如辛稼軒所說，「**少年不識愁滋味，為賦新詞強說愁**」。十三四歲小伙子，說甚麼「**把杯真個醉了**」改「醉」為「睏」就真實得多！但由此也可見我對中國傳統詩詞的喜愛。那時香港流行的是搖滾樂和喇叭褲呢！

舊詩詞，新呼吸

詩可以這樣寫的

陳文岩

責任編輯　張俊峰
書籍設計　霍明志
排　　版　周　榮
印　　務　馮政光

出　　版　山頂文化
Hong Kong Open Page Publishing Co., Ltd.
香港北角英皇道四九九號北角工業大廈十八樓
http://www.hkopenpage.com
http://www.facebook.com/hkopenpage
http://weibo.com/hkopenpage
Email: info@hkopenpage.com

香港發行　香港聯合書刊物流有限公司
香港新界荃灣德士古道二二〇—二四八號荃灣工業中心十六樓

印　　刷　陽光（彩美）印刷有限公司
香港柴灣祥利街七號萬峯工業大廈十一樓 B15 室

版　　次　二〇二二年十一月香港第一版第一次印刷

規　　格　三十二開（148mm×210mm）二八八面

國際書號　ISBN 978-988-75847-8-0